Jacqueline Kornmüller

6 aus 49

Jacqueline Kornmüller

6 aus 49

4, 15, 22, 28, 36, 47   8

Roman

Galiani Berlin

MIX
Papier | Fördert gute Waldnutzung
FSC® C014496

1. Auflage 2025

Verlag Galiani Berlin

Covermotiv und -gestaltung Kat Menschik
Lektorat Esther Kormann
Gesetzt aus der Garamond Premier Pro
Satz Buch-Werkstatt GmbH, Bad Aibling
Druck und Bindung GGP Media GmbH, Pößneck
ISBN 978-3-86971-315-1
Weitere Informationen zu unserem Programm
finden Sie unter www.galiani.de

Kontaktadresse nach EU-Produktsicherheitsverordnung:
produktsicherheit@kiwi-verlag.de

Für Sophie

Manchmal sagen Zahlen mehr als Worte.

Haruki Murakami

1

Es gibt Angewohnheiten, die sich vererben. Ich schlafe mit Brille in der Hand, wie meine Großmutter. Lange war ich kein Brillenträger, irgendwann dann doch und seither: Brille in der Hand. Ich schlafe auf diese Weise ein und wache auch genauso wieder auf.

Lina hatte ein französisches Bett. Französisch deswegen, weil es angenehm groß war, wenn man allein darin schlief, und nicht zu klein, wenn man zu zweit darin schlief. Am liebsten schlief ich mit ihr allein darin. Ich lag in der Mitte, sie am Rand. Meistens drehte sie mir ihren Rücken zu. Der Rücken war ein großer, runder Hügel aus warmer Haut, er war die Landschaft, durch die ich reiste. Hinter ihrem Rücken war man vor allen Unwägbarkeiten des Lebens sicher. Nichts, aber auch gar nichts konnte einem hier passieren. Und dennoch wurde mir hier alles offenbart, denn sie sprach mit mir über alles. Über wirklich alles.

Meine Großmutter war eine leidenschaftliche Lottospielerin, das ist begründet in der Tatsache, dass sie als Kind eine Art von Armut erlebte, die so bitter war, dass sie noch am Ende ihres Lebens zu mir sagte, so eine Armut wie ich sie als Kind erlebt habe, gehört verboten. Kein Wunder, dass sie zeit ihres Lebens alles tat, um diese anfängliche Armut zu überwinden.

Lina kam an einem Dreizehnten auf die Welt. Dreizehn war ihre Glückszahl. Die Familie war alles andere als vom Glück verfolgt. Das änderte sich, als Lina das Glück selbst in die Hand nahm. Nimm dein Glück in die Hand. Diese sich selbst erfüllende Prophezeiung schien meine Großmutter mir durch den Rücken hinein in die Seele gesagt zu haben. Das stand am Ende aller Vorkommnisse, von denen meine Großmutter mir berichtete. Denn alles, was sie erzählte, war wahr. Auch die Geschichte des Ufos.

Die Geschichte des Ufos erzählte sie mir nicht im Bett. Zu dem Zeitpunkt, als sie das unbekannte Flugobjekt vom Balkon ihres Schlafzimmers sah, war ich schon aus ihrem französischen Bett ausgezogen. Nicht freiwillig selbstverständlich. Die Geschichte des Ufos erzählte sie mir am Telefon. Ich stand damals knapp dreizehnjährig in einer ziemlich angeranzten Telefonzelle in einem Internat, in das man mich brachte, um mich von ihr zu trennen.

Sie und ich hatten eine Verabredung, immer am Donnerstagabend miteinander zu telefonieren. Man konnte damals in Telefonzellen noch angerufen werden, und sie rief mich an, und zwar pünktlich. Meistens bildete sich eine Schlange vor der Zelle. Kinder, die noch so etwas wie Kontakt zu ihren Eltern pflegten, standen davor herum. Dann klingelte das Telefon, eine Nummer erschien an der Anzeige, irgendein Kind hob ab, hörte ihre Stimme am Apparat, hielt den Telefonhörer in meine Richtung, und dann stöhnte die Schlange, denn alle wussten: Das kann dauern. Und an diesem Abend dauerte es tatsächlich lange, denn Lina hatte eine Erscheinung gehabt, und die Schlange hörte mit.

Offenbar wachte sie mitten in der Nacht auf, blickte in den Nachthimmel über den Bergen und sah ein mit Diamanten besetztes Dreieck in der Sphäre schweben. Es war nichts Unwirkliches, es stand am Himmel, war riesig wie eine Brosche, ein Schmuckstück. Ich kannte ihre Hingabe zu Schmuck, sie liebte Schmuck, besonders alten. Sie beschrieb die Anordnung der Steine auf dem Ufo. Das Dreieck war dreidimensional und stand geräuschlos in der Luft. Sie stand auf, öffnete die Balkontür und ging hinaus. Ich sehe sie vor mir, sie mochte leichte Damastnachthemden, wie ihr massiger Körper in dem durchscheinend himmelblauen Hemd in die kühle Nachtluft hinaustritt und das juwelenbesetzte Ufo bewundert. Lange sei sie da draußen herumgestanden, und erst nach einer gefühlten Stunde legte sie sich wieder langsam zu Bett, behielt aber das Ufo fest im Blick. Geraune machte sich in der Schlange breit. Am heutigen Morgen sei sie aufgewacht, und der Flugkörper war verschwunden.

Die Sache ließ ihr keine Ruhe, und sie telefonierte im Ort herum, ob andere Ähnliches gesehen haben. Aber keiner außer ihr war in den Genuss der Ufo-Sichtung gekommen.

Es gibt Auserwählte, sagte ich ins Telefon. So ein Ufo zeigt sich nicht jedem. Ungläubig starrte die Schlange mich an. Ich kann mir schon vorstellen, dass sich dir das Ufo gezeigt hat. Wieso, lachte meine Großmutter, nun ganz befreit. Du bist eine besondere Person. Ich kenne niemanden wie dich. Du?, fragte ich sie. Natürlich nicht, sagte sie. Jeder Mensch ist einzigartig, jeder. Klar, sagte ich, aber unter allen, die ich kenne, bist du der Einzigartigste. Und das war genau das, was meine Großmutter an diesem trüben Donnerstagabend brauchte. Ich denke, dass die Wesen, oder sagen wir mal die Intelligenz in dem Ufo diese eine Person auf der Erde gesucht hat, der sie sich zeigen wollte, und es wundert mich nicht, dass sie sich dich ausgesucht hat. Meinst du?, fragte sie fast sicher. Sicher bestätigte ich. Und willst du wissen, warum ich das glaube? Bitte, sagte sie, und auch die Schlange rückte ein Stück näher. Ganz einfach, du bist der gastfreundlichste Mensch, den ich kenne.

Lina war zeit ihres Erwachsenenlebens Hoteliersfrau, und zwar die leidenschaftlichste Hoteliersfrau, die je ein Gast gesehen hat. Sie war der Inbegriff einer Hoteliersfrau. Wobei der Begriff Hotel nicht ganz passt. Sie vermietete Zimmer. Zunächst waren es nur wenige Zimmer an eher langfristige Gäste, aber je mehr sie auf den Geschmack kam, desto mehr Zimmer vermietete sie, desto mehr Häuser bewirtschaftete sie, desto mehr Gäste empfing sie. Und jetzt Außerirdische, das ist doch nur logisch, sagte ich. Das Telefonat wurde abrupt abgebrochen, denn jemand klingelte an der Tür, an der Hoteltür, und sie war weg. Ich legte den Hörer auf, verließ die Zelle, schritt langsam durch die Schlange und flüsterte noch mal: Und jetzt Außerirdische, das ist doch nur logisch. Die Schlange wich vor mir zurück und gab den Weg frei.

2

Dreizehn war eine Zahl, die meine Großmutter besonders schätzte, sie wurde an einem Dreizehnten geboren, im Jahr 1911. Meine Großmutter sprach von ihrer Mutter voller Achtung und Hingabe. Etwas Ruhiges, Beruhigendes schien von der Urgroßmutter ausgegangen zu sein, vielleicht vertrauten ihr deswegen andere ihre Kinder an. Lange dachte ich, dass Lina vierzehn Geschwister hatte, bis sich bei einer zufälligen Reise in ihre Vergangenheit herausstellte, dass nicht alle leibliche Geschwister waren. Manchmal, wenn wir an Sommerabenden nachts noch lange draußen saßen, machte sie sich einen Sport daraus, die Vornamen ihrer leiblichen Geschwister aufzuzählen.

Kreszentia
Ludwig
Franziska
Xaver
Alois
Benedikt
Rosalia
Martha
Rupert
Sophie

Die Dramatik ihrer Kindheit behielt für meine Großmutter immer ihren ganz großen Reiz. Jeden Namen hob sie heraus. Immer stockte sie bei dem Namen Sophie und sagte, die Sophie, die war gut, aber presshaft. Presshaft?, fragte ich. Presshaft, wiederholte meine Großmutter, und dann krümmte sie sich aufs Erbärmlichste zusammen, und das ganze Elend dieses Mädchens namens Sophie wurde mit einem Schlag sichtbar. Presshaft. Wie wenn der Körper in der Haft einer unsichtbaren Presse ist und sich selbst das Leben abschnürt. Am Ende ihres Lebens fuhr Lina einmal im Jahr zur Kur, merkwürdigerweise weit weg in die Nähe ihres Geburtsortes. Die Kur hatte für sie etwas grenzenlos Ermüdendes, manchmal kam ich zu Besuch, und wir unternahmen Ausflüge in die Gegend ihrer Kindheit. Einmal streunten wir auf dem alten Friedhof ihres Dorfes herum, in der Hoffnung, ein paar bekannte Namen auf den Grabsteinen zu finden. Auf einer Bank unter einem Kirschbaum nahe der Kirche saßen vier Frauen. Meine Großmutter näherte sich ihnen fast unterwürfig und sprach sie leise an.

Kennt ihr noch die Sophie?

Die vier Frauen sahen sich selbst an wie Nornen. Wie wenn sie den Lebensfaden von Sophie von Anfang bis Ende in sich abspulten. Sophie, wiederholte meine Großmutter und deutete mit dem Stock in Richtung eines verfallenen Hauses, das neben dem Friedhof lag, und deutete auch die Pressbewegung leicht an.

Die, sagte die Eine, und führte dabei die Pressbewegung unvermutet formvollendet aus.

Ja, sagte meine Großmutter.

Die ist g'storbn, sagte die Andere.

G'storbn, bestätigte die Eine.

Und auch die anderen beiden Nornen wiederholten mehrmals nickend: G'storbn, als wäre der Faden von ihnen persönlich durchtrennt worden.

Wir ließen die vier Nornen Nornen sein und setzten unseren Weg ohne Eile in Richtung des verfallenen Hauses fort. Das Haus war gedrungen, alles roch nach Not. Nach großer Not und bitterer Armut. Wir sahen durch die Fenster. Das Haus schien feucht und nicht unterkellert zu sein, es lag quasi halb unter der Erde und wurde aus der Erde heraus gebaut. Mit Steinen. Das Haus war unbewohnt. Ein ehemaliges Armenhaus, wie man es heute nur noch aus Filmen kennt, die in längst vergangenen Jahrhunderten spielen. Angrenzend ans Haus stand eine große, offene Scheune. Hier deutete Lina auf einen Flecken roher Erde. Hier, hier bin ich gestanden. Meine Großmutter ging schon am Stock und zeichnete ihren alten Standpunkt mit diesem Stock auf die Erde. Über achtzig Jahre schien das her zu sein. Und meine großen Schwestern, die Kreszenz und die Martha, standen oben, dort oben auf dem Scheunenboden. Und sie riefen herunter: Wir sind die Mädchen vom hohen Stand, und du der Bauerntrampl vom Land. Als Bauerntrampl fing das Leben an, das verstand meine Großmutter. Wobei sie sich schon in ihrer Kindheit darüber im Klaren war, dass sie weder damals ein Bauerntrampl war noch jemals einer sein würde. Und durch dieses Wissen gestärkt spann sie sich ihren eigenen Faden, wobei er ihr anfangs noch etwas holprig durch die Finger glitt.

Lange blieb sie nicht im Haus ihrer Mutter. Die Zeit der Kindheit war bemessen, und kaum geboren und gewachsen, mussten ihre Geschwister und sie das Haus verlassen. Meine Großmutter trat mit vermutlich dreizehn Jahren ihre erste

Stelle an. Ihre Zeit bei der Mutter war von Armut geprägt, aber die Geborgenheit der Kindergesellschaft umfing sie. Jetzt war sie auf sich allein gestellt, und es begann eine dunkle Zeit im Leben meiner Großmutter. Ihre Arbeitgeber waren Pächter einer Bahnhofsrestauration und Eltern eines behinderten Kindes. Meine Großmutter kam mit so gut wie nichts bei ihnen an. Einziges Gepäck war eine Zither. Sie spielte Zither, allein in einer Kammer, und träumte vom Leben, das irgendwann einmal beginnen sollte. Auch dem Kind spielte sie vor. Aber der Frau des Hauses missfiel das Mädchen und auch das Zitherspiel, und sie nahm ihr das Instrument ab. Soll sie doch lieber mit dem Kind als mit der Zither spielen. Das Zusammensein mit dem behinderten Kind war für Lina die schwerste Aufgabe, die ihr das Leben nur hätte stellen können. Wenn ich geborgen hinter ihrem Rücken lag und sie mir davon erzählte, spürte ich die alte Last.

Meine Großmutter hatte einen besonderen Körper, ihre Arme waren zart, ihre Hände waren zart, ihr Körper von der Brust bis zum Oberschenkel war massig. Sie hatte eine weiche und duftende Haut, und in den Momenten, in denen ihr das Leben schwer erträglich schien, glitt ich mit meinen Kinderhänden ihren Rücken entlang. Anfangs schien sie es gar nicht zu bemerken, aber nach und nach schien die Last von ihr abzufallen und zu verschwinden. Mit ein paar Strichen war sie wie verflogen. Ich malte ein Bild auf ihre Haut, ich zog die Linien zwischen ihren Leberflecken und Sommersprossen zusammen, und sie begann über meine Gebilde zu lachen. Schlaf jetzt, sagte sie. Und ich schlief ein. Am Morgen war sie weg. Sie stand als Erste auf und ging als Letzte zu Bett.

3

Meine Großmutter kämpfte sich durch ein Leben voll Arbeit. Was sie tat, um sich von der Arbeit loszusagen? Sie spielte Lotto. Sie spielte nicht so wie normalerweise Leute Lotto spielen. Sie spielte Systemlotto. Wenn meine Großmutter gewusst hätte, was ich heute weiß, nämlich dass das österreichische Lotto eine höhere Treffsicherheit als das deutsche Lotto hat, wäre sie ausgewandert. Bei den Österreichern heißt das Spiel nicht 6 aus 49, sondern 6 aus 45. Und die fehlenden vier Zahlen verändern naturgemäß die Wahrscheinlichkeit zum Sieg auf einen Lotto Sechser. In der österreichischen Variante gibt es über 8,1 Millionen Tippvarianten, also liegt die Wahrscheinlichkeit, mit einem Tipp zu gewinnen, bei eins zu 8,1 Millionen. Das entspricht ungefähr der Wahrscheinlichkeit, bei einem Unwetter von einem herabfallenden Ast getötet zu werden. In Deutschland liegt die Wahrscheinlichkeit bei eins zu 140 Millionen, das entspricht wahrscheinlich der Wahrscheinlichkeit, von einer herabfallenden Sternschnuppe erschlagen zu werden.

Das Spiel hatte für meine Großmutter eine grenzenlose Faszination. Natürlich begann auch sie mit einem ersten, kleinen Lottoschein und steckte alle in der Familie damit an. Folglich spielten alle Lotto. Meine Mutter, meine Tante, die Kinder meiner Tante, alle Familienmitglieder samt den Zimmermädchen, die zahlreichen Freunde der Familie, die Nachbarn, und sie bekehrte auch so manchen Hotelgast. Sie ahnte, dass sie eines Tages das Glück haben würde zu gewinnen, weswegen sie den Zahlen eine große Bedeutung beimaß. Die 36 zum Beispiel hatte für sie eine besondere, eine magische Bedeutung. Es gab in unserem verwunschenen Haus, das den Namen Amalie trug, es gab in der Amalie sogar einen Lottoplatz, die Veranda. Thomas Mann soll auf der Veranda Tee getrunken haben, später beantwortete meine Großmutter dort Buchungsanfragen fürs Hotel, aber vor allem wurde dort Lotto gespielt, und das mit ungekannter Leidenschaft. Auf die Normalos, die den kleinen Lottoschein immer noch mit ihren Geburtsdaten füllen, sah meine Großmutter herab. Das macht keinen Sinn, sagte sie dann, nicht den geringsten. Sie tauschte den kleinen Lottoschein, der ungefähr so groß war wie eine Postkarte, gegen den großen Lottoschein ein, der ungefähr so groß war wie ein mittleres Kopfkissen. Wir mussten alle ran. Es dauerte Stunden, bis so ein Monstrum an Lottoschein ausgefüllt war. Zudem entwickelte sie Tabellen, die wir – und im Besonderen ich – abschreiben und eintragen mussten. Und das war eine Arbeit, die höchste Konzentration erforderte und massenweise Kugelschreiber verbrauchte.

Bei der Lottozentrale, wo die Scheine abgegeben wurden, war sie die Queen. Immer freitags ging sie mit mir an der Hand zum Friseur und danach zur Lottozentrale. Beim Eintritt in die Zentrale tauchten wir in eine dichte Wolke von Qualm. Wenn sie erkannt wurde, gaben die Lottoraucher den Weg zur Abgabestelle frei. Und dann diktierte sie ihr Glück.

Wenn wir den Laden verließen, war sie noch siegessicher, doch bevor wir zu Hause ankamen, holte sie die Realität wieder ein, und schon stand eine Schlange von Gästen vor der Tür.

Auf all diesen Wegen begleitete ich meine Großmutter, und bei solchen Gelegenheiten erzählte sie mir, wie sie zur Amalie kam. Die Amalie ist und bleibt das schönste Haus, das ich kenne. Kannte, muss ich sagen, den leider ist die Amalie nicht mehr die Amalie. Sie hat den Namen geändert und wurde in ein anderes Haus verwandelt. Oft träume ich davon, die Amalie wieder zu sich selbst kommen zu lassen. Die Amalie lag in einer Straße mit dem wundersam klingenden Namen Höllentalstraße, und tatsächlich erinnere ich mich an meine Kindheit als eine Zeit der Hölle und des Himmels. Wie nah das beieinanderliegt, konnte man im Haus Nummer 36 tagtäglich erleben. Die 36 war die Zahl, die auf jedem Lottozettel stehen musste. Felsenfest, wie ein Versprechen, wie eine Prophezeiung.

Der Legende nach gibt es auf der Welt sechunddreißig Gerechte, die die Welt vorm Untergang beschützen. Die Sechsunddreißig sind namenlos, keiner kennt sie, keiner kann sie kennen. Verborgen in der Gesellschaft können sie jeder sein, arm oder reich. Jedenfalls sind sie gerecht, und ohne ihr Zutun wäre die Welt dem Untergang geweiht. Wenn ein Gerechter oder eine Gerechte stirbt, wird er oder sie durch einen anderen ersetzt. Obwohl sie unerkannt bleiben wollten, hielt ich als Kind Ausschau nach diesen Gerechten und überlegte, ob meine Großmutter eine von ihnen sein könnte. Auch die Schwester meiner Großmutter kam in Betracht. Wenn ich es genau überlegte, kam die Schwester sogar noch mehr in Betracht als meine Großmutter. Meine Großmutter war alles, aber war sie auch gerecht? Die Schwester meiner Großmutter hatte schon etwas grenzenlos Geduldiges und Gerechtes.

Dass die Schwester nicht die Schwester war, aber als Schwester bezeichnet wurde, hatte seinen Grund in der Tatsache, dass beide zusammenlebten, zusammen arbeiteten, die Kinder zusammen behüteten, das Leben miteinander verbrachten und sich über ihre kriegsbedingte Männerlosigkeit hinwegtrösteten. Die Verbundenheit dieser beiden Frauen war spektakulär. Sie waren weder verwandt noch verschwägert, sie verließen sich ihr ganzes Leben lang aufeinander, und dieses Vertrauen wurde durch nichts erschüttert. Niemals. Nicht einmal durch ihre Männer.

4

Wie es Lina aus der Bahnhofsrestauration herausgeschafft hat, weiß ich nicht. Ich stelle mir vor, dass sie die Härte der Frau des Hauses oft zu spüren bekam. Sie scheiterte mit ihren dreizehn Jahren an dem behinderten Kind, und das trug sie sich selbst ein Leben lang nach. In der Bahnhofsrestauration sah sie den abfahrenden Zügen immer wieder hinterher. Eines Tages wartete sie im Schatten des Hauses auf den nächsten Zug, schlüpfte ungesehen hinein und war weg. Bei der Mutter angekommen, bat sie um ein paar Tage Aufenthalt und wurde dann zum Vater nach München geschickt, der als Gärtner im Nymphenburger Schlosspark seinen Dienst tat. Mit ihm gemeinsam bewohnte sie unweit des Parks eine Kammer, zwei hintereinanderstehende Betten waren darin. Über den Vater hat sie geschwiegen. Fast nichts, was ihr über den Vatermann über die Lippen gekommen wäre. Er soll vor ihrer Geburt einen großen Hof bewirtschaftet haben, den er beim Spiel auf dem Viehmarkt verlor, und damit die Familie in die Armut stürzte. Jetzt war er Gärtner und ließ sich nur noch selten zu Hause blicken. Meiner dreizehnjährigen Großmutter verschaffte er bald eine Arbeit als Kupferwäscherin, in dem sagenumwobenen Münchner Regina Palast Hotel am Maximiliansplatz.

Lange musste Lina das Kupfergeschirr des Regina Palast Hotels in einer Salz- und Essiglauge putzen, schwer waren die Kessel und Pfannen, die ihr von den Köchen direkt und oft noch heiß ins kalte Wasserbecken geschmissen wurden. Schwerstarbeit war das, sie stöhnte auf, wenn sie mir davon berichtete. Der Arbeitstag war lang, und die Stunden wurden nicht gezählt, und nach dem Dienst blieb nur noch der Schlaf in der kalten Kammer mit dem ungeliebten Vater. Aber Glück muss man haben, und meine Großmutter hatte Glück. Fanny, die Obersaaltochter des Regina Palast Hotels hatte ein Auge auf sie geworfen. Lina, sagte sie zu ihr, komm mit. Lina ließ die Kupferkessel fallen und folgte Fanny. Die Pracht des Hotels traf Lina mit ganzer Wucht. Sie betrat das Gebäude immer durch den Hintereingang, jetzt stieg sie mit Fanny die Treppen nach oben, durchquerte die vergoldete Eingangshalle, Fanny ging etwas zu schnell für Linas Geschmack, gerne wäre sie stehen geblieben und hätte die Räumlichkeiten bewundert, die Empfangsräume, den Teesalon mit einer Tanzfläche, bis sie schließlich im Speisesaal landeten. Der Saal war leer, kein Gast war mehr da. Die Tische standen in Reih und Glied. Weiß gedeckt. Umlaufend dunkelrot gepolsterte Bänke, anschließend eine lange Bar, gegenüber der Bar wieder weiß gedeckte Tische.

Ich zeige dir, wie man den Tisch deckt, sagte Fanny mit tonloser Strenge. Auf einem Teller lag unter einer Serviette verborgen ein neunteiliges, frisch poliertes Silberbesteck. Der Gast isst von außen nach innen, wir arbeiten beim Eindecken von innen nach außen. Rechts liegen: das Tafelmesser, das Menümesser, das Fischmesser und der Suppenlöffel. Links liegen die Tafelgabel, die Menügabel und die Fischgabel. Präg dir das ein. Schau mir genau zu. Und Lina sah zu, und vor allem sah sie Fannys gepflegte Hände mit einer unnachahmlichen Akkuratesse über den Tisch gleiten. Verglichen mit ihren aufgeschwemmten, verätzten und verbrannten Klumpen waren sie wie die Werkzeuge einer Fee. Fehlt noch das Dessertbesteck. Dieses liegt oberhalb des Tellers, Dessertgabel und -löffel werden waagerecht angeordnet. Der Griff des Löffels nach rechts, der Griff der Gabel nach links. Fanny sah meiner Großmutter direkt in die Augen. Morgen mehr. Und damit ließ sie meine Großmutter im nachmittäglichen Speisesaal des Regina Palast Hotels stehen.

Und Lina stand da. Versuchte, sich die Anordnung des Bestecks einzuprägen. Ganz so leicht war es nicht. Vorsichtig nahm sie den Suppenlöffel und legte ihn spiegelverkehrt auf den gegenüberliegenden Platz. Ist doch klar, dachte sie, zuerst die Suppe. Dann nahm sie das Fischmesser. Im Sommer fingen ihre Brüder Forellen im Bach, schlitzten sie auf, holten die Eingeweide raus, wuschen den Fisch noch einmal im Bach und steckten ihn auf einen Stock. Ein offenes Feuer gleich neben dem Bach, so saßen sie herum und brieten die Fische. Es gab keine besseren Tage als die Stockfischtage. Sie legte das Fischmesser neben den Suppenlöffel. Jetzt das Menümesser. Gleich musste sie an die Mutter denken. Die Mutter, die einen Apfel schält. Hauchdünn schält sie, sodass alles vom Apfel übrig bleibt. Gerne aß sie nur die Schale und ließ der Mutter den Apfel. Wenn die Mutter sie jetzt sehen könnte. Dann das Tafelmesser. Wenn sie nur nicht immer nach Nymphenburg hin- und zurückfahren müsste, wenn sie nur hier irgendwo leben könnte. Nichts bräuchte sie, ein Bett würde schon reichen. Die rechte Seite liegt. Nun links. Von innen nach außen decken, sagte Fanny. Zuerst also die Tafelgabel. So wie sie jetzt daherkommt, kann sie nicht im Speisesaal arbeiten. Ob sie auch so eine Tracht bekommen würde, wie Fanny sie trägt? Sie sah sich um, am Abend würde der Raum sich füllen, und dann kommt's drauf an. Jetzt noch die Menügabel und die Fischgabel. Kalt fühlte sich das Silber an. Eiskalt lief es auch ihr den Rücken hinunter. Fehlt noch das Dessertbesteck. Immerhin hatte sie es bis hierhin geschafft. Und der kleine Löffel. Dass sie doch immer wieder so ein Glück hatte, so ein Glück, dachte sie.

Für Lina, die nur den Hunger kannte, musste die Aussicht, ein fünfgängiges Menu zu servieren, etwas Unvorstellbares gewesen sein. Schmalz auf eine Scheibe Brot zu streichen, das kannte sie, eine Wassersuppe zu löffeln, das kannte sie. Eine heiße Kartoffel in den Händen abkühlen zu lassen, auch das war ihr bekannt. Schon möglich, dass sie mal ein Stück Fleisch bekam, selten, aber es passierte. Jetzt, da unbekannte Gerichte an ihr vorbei defilierten und sie sie selbst zu anderen Mäulern bringen würde, aß sie mit den Augen. Zunächst stand sie nur am Rand und beobachtete, nach und nach durfte sie erste kleine Gänge erledigen. Immerhin hatte sie von Fanny ein gutes schwarzes Kleid und eine weiße Schürze bekommen. Auf dem Kopf das Häubchen war schon etwas fremd, ständig musste sie nach oben sehen, ob das Ding auch richtig sitzt. Ungewohnt wie eine Krone. Vergiss die Krone, sagte sie zu sich selbst.

Lina erlernte die Kunst des Servierens. Getränke und Teller serviert man von rechts, Saucen und Menagen von links. Wein ebenfalls von links. Schnell musste es gehen. Viel wurde serviert. Allein wie ein Teller getragen wurde, war eine Sache für sich. Es vergingen Wochen, Monate, bis Lina vollends Fannys Ansprüchen genügte. Und nicht nur ein Teller wurde serviert, zwei, drei, vier Teller wurden gleichzeitig serviert und eingestellt. Die Sache war nicht so leicht. Die linke Hand musste teils über, teils unter dem ersten Teller schweben, gehalten wurde das ganze vom Daumen, sodass der zweite Teller leicht in die linke Hand wandern konnte. Wenn die Haltung passte und die Balance hielt, war der dritte Teller, der teils auf dem Arm, teils auf der Hand lag, kein Problem mehr. Wenn die Haltung nicht stimmte, drohte alles zu rutschen.

Sie musste die Gedanken an alles andere wegschieben, sie musste sich ausschließlich auf das Gleichgewicht der Teller konzentrieren. Noch schwieriger war das Abservieren mit aufliegendem Besteck. Beim Abservieren nimmt man den Teller mit der rechten Hand vom Tisch, verlagert das Gewicht leicht nach hinten, um den Teller dann behutsam in die linke Hand wandern zu lassen. Das Abräumen geschieht quasi hinter dem Rücken des Gastes. Jetzt wird die Gabel mit dem Daumen fixiert, um das Messer unter die Gabel zu schieben. Natürlich mit der Schnittfläche zum eigenen Körper. Es war eine harte Schule, durch die Fanny sie schickte, aber nach einiger Zeit hatte sie es drauf und trat ihre Stelle als Servierfräulein im Regina Palast Hotel an.

Lina entdeckte ihre Liebe zum Hotel. Das Kommen, das Gehen, das Empfangenwerden und das Verabschieden, die Lust, Wünsche entgegenzunehmen und sie zu erfüllen, all das verstand Lina als Möglichkeit, für ein paar Augenblicke ihrer gewöhnlichen Realität zu entkommen. Sie spürte erstmals eine Faszination in sich aufkeimen. Mit einem Schlag war sie herausgeschleudert aus ihrem Elend.

5

Hier im Regina war es auch, wo sie ihre spätere Schwester traf.

Plötzlich sei die da gestanden, die Maria. Auch im Service gelandet, genau wie Lina. Maria wurde schnell verlegen, die ganze Serviererei war ihr peinlich. Abgrundtief peinlich. Dieser ganze Aufzug. Schwarze Tracht mit weißer Schürze und Häubchen. Maria wäre am liebsten im Boden versunken. Maria war schüchtern, und der Umgang mit Menschen fiel ihr lange nicht so leicht wie Lina. Manchmal brachte sie keinen Ton heraus. Stand da, lächelte und stotterte herum. Lina lachte. Ja, sie waren verschieden. Total verschieden. Die Offenheit Linas übertraf bei Weitem die von Maria, aber dessen ungeachtet freundeten sich die beiden jungen Frauen an. Lina zeigte Maria, was sie von Fanny gelernt hatte, und dann fiel es Maria nicht mehr ganz so schwer, den Gast nach seinen Wünschen zu fragen. Wenn Maria dann doch wieder in Verlegenheit kam, stand gleich Lina parat. Maria war für Lina wie eine Schwester. Sie mochte sie, von Beginn an. Nach der Arbeit gingen sie ein Stück zusammen. Auch Maria kam vom Land, gemeinsam konnten sie den Unwägbarkeiten der großen Stadt besser begegnen. Und dann ergab sich eine Gelegenheit, eine frei werdende Unterkunft in der Nähe des Hotels.

Und sie zogen zusammen. Eines Morgens packte Lina in der kalten Kammer ihre Sachen und teilte dem Vater mit, dass sie jetzt in der Nähe des Regina eine Bleibe gefunden habe, und weg war sie.

Ins Hotel kamen auch andere Hoteliers, die auf der Durchreise gutes Personal abwarben. Der bayrische Tourismus erfand sich in den Zwanzigerjahren des letzten Jahrhunderts, Kurorte kamen in Mode. Irgendetwas brauchte jeder Ort, womit man kuren konnte, mal war es ein Kloster, mal ein See, mal eine Quelle. Wenn man weder ein Kloster noch einen See und auch keine Quelle hatte, hatte man zumindest noch die Luft. Und so warben viele süddeutschen Orte damit, ein Luftkurort zu sein. Die Süddeutschen nennen die Touristen im Geheimen deshalb auch die Luftdeppen, weil sie allen Ernstes an die Sache mit der Luft glauben, aber das bleibt unter uns.

Lina, die Fannys strenge Schule durchlaufen hatte, wurde für eine Saison in den Westen des Landes abgeworben, Maria sollte in den Süden gehen. Lina nahm die Trennung auf die leichte Schulter, für Maria schien es inzwischen unvorstellbar zu sein, sich von Lina zu trennen. Der letzte Abend kam, und Maria brach zusammen. Keinesfalls. Keinesfalls wolle sie Lina verlassen, sicher würde man auch für Lina eine Stelle im Süden finden. Maria wollte nicht mehr ohne Lina sein. Für Lina waren die Tränen von Maria etwas Seltsames. Nie noch hatte jemand um sie geweint, noch nie hatte ihr jemand das Herz geöffnet, nie noch wollte jemand bei ihr sein, und Lina gab nach. Sagte dem Westen des Landes ab und bestieg mit Maria den Zug Richtung Süden.

Allein die Fahrt Richtung Süden war eine Sensation. Die Fahrtzeit mit dem Schnellzug von München Hauptbahnhof nach Partenkirchen dauerte drei Stunden. Vor der Abfahrt hatten die beiden sich noch bei einem Schneider in der Theatinerstraße zwei Reisekostüme anfertigen lassen, und weil Lina und Maria so außer sich vor Freude waren, ließen sie übermütigerweise ein Foto von sich machen. Bereit zur Abfahrt, bereit für ein neues Leben, so sehen die beiden auf dem Foto aus. Ihre Habseligkeiten passten in einen gemeinsamen Koffer. Langsam wand sich der Zug aus München Richtung Pasing heraus. Bis man bald den Starnberger See sah, und Possenhofen. Hier wäre man am liebsten schon ausgestiegen, aber in der Ferne sah man schon die Alpen, und die Vorfreude wuchs ins Unermessliche. Über die Dörfer ging es weiter, Maria kannte die Gegend aus ihrer Kindheit. Polling, Huglfing, Uffing, Murnau am Staffelsee. Beim Staffelsee wären sie am liebsten raus aus dem Zug und rein in den See. Aber die Berge, die Lina noch nie gesehen hatte, waren nun schon zum Greifen nah. Bei Ohlstadt zwängten sie sich durch ein schmales Tal, bis sich bei Farchant das Tal öffnete und sich das Wettersteinmassiv samt dem Karwendel in seiner ganzen Pracht zeigte. Lina und Maria glaubten, im Paradies angekommen zu sein. Der Bahnhof von Garmisch war damals noch in Partenkirchen. Von dort aus gingen sie zu Fuß eine knappe halbe Stunde ins Hotel Marktplatz nach Garmisch, wo Maria am selben Nachmittag ihre Stelle antrat. Für Lina würde man auch bald etwas finden.

Der Luftkurort, in den Maria Lina entführte, hatte etwas Überwältigendes. Die sensationelle Landschaft zog die Reichen und die Superreichen an, die sich saisonal vor Ort aufhielten. Sommers wie winters wurde geworben, was das Zeug hielt, und die Luftdeppen überfluteten folglich in Schwärmen den Luftkurort. Allerorts wurde Personal gebraucht.

Maria freundete sich gleich an ihrem ersten Arbeitstag mit dem Portier des Hotels an, und der Portierfreund hatte einen Rezeptionsfreund im Hotel Clausings gegenüber. Gleich wurde über die Straße nachgefragt, ob es noch eine Stelle gibt, und tatsächlich: Lina fand auf der Stelle eine Stelle. Das Clausings Post Hotel gegenüber dem Hotel Marktplatz war das ländliche Gegenstück zum Regina Palast Hotel, eine glamouröse Bühne für aufstrebende UFA-Stars. Lina betrat das Hotel über den Seiteneingang. Mit offenem Gesicht ging sie zur Rezeption. Der Rezeptionist schob sie ins dahinterliegende Büro zum Chef. Lina zeigte ihr Zeugnis vom Regina Palast Hotel und ein persönliches Empfehlungsschreiben von Fanny, und tags drauf begann auch sie zu arbeiten.

6

Anfangs lebten Lina und Maria in einer Dachkammer unweit der beiden Hotels. Viel später ging ich mit meiner Großmutter dort vorbei, und sie zeigte nach oben. Dort oben haben wir zu zweit gelebt, in dieser kleinen Kammer mit Balkon.

Eng und gedrungen ist sie, die Kammer, aber es reicht, es reicht alles so, wie es ist. Sie verlassen das Haus morgens. Maria biegt ins Marktplatz ab, und Lina überquert die Straße und geht ins Clausings. Einmal rief der alte Clausing Lina zu sich ins Büro, legt einen Hunderter auf den Tisch. Es muss ein neues Gwand her, für alle. Jetzt gehst vor zum Hartenstein, Lina, und lässt dir ein Dirndl anfertigen, ein tadelloses. Das ganze Service wird dieses Dirndl tragen, und du suchst es aus. Hast mich? Lina nimmt den Hunderter vom Tisch. Sie geht vor zum Hartenstein, betritt den Laden. Noch liegen keine Juden abweisenden Schilder herum, aber bald. Die Schilder wird bald jeder sehen, der in Garmisch einen Laden betritt. Der in Garmisch eine Gastwirtschaft betritt. Der in Garmisch ein Hotel betritt. Warum die Juden? Das weiß keiner so genau. Auch Lina nicht. Sie geht herum in dem Geschäft. Sie war schon mal drin und hat sich umgesehen. Geld hatte sie keines. Nur schauen wollte sie. Und man hat sie schauen lassen. In Ruhe. Dann ist sie wieder gegangen mit Wünschen im Kopf. Aber jetzt ist sie wieder da, mit Geld in der Tasche. Stoffe lässt sie sich zeigen. Was erwartet sich der alte Clausing? Eine Tracht zum Servieren. Schwarz muss sie sein, wenn sie mit was Buntem daherkommt, ist sie gleich unten durch. Schwarz muss es schon sein, streng muss es auch sein, zurückhaltend muss es sein, aber etwas muss es schon haben. Blau wäre ihre Lieblingsfarbe. Sie geht an den blauen Seidenstoffen vorbei. Lavendelblau, Kornblumenblau, Vergissmeinnichtblau. Das Vergissmeinnicht sticht ihr ins Auge, es liegt zwischen dem Lavendel und der Kornblume und schillert so schön. Würde zu ihr passen. Vergissmeinnichtblau der Schurz. Dazu ein schwarzer Brokat. Ein Leben muss schon drin sein in dem Stoff. Sie findet was, etwas mit Leben drin. Dann werden ihr die Maße genommen. Zwei Näherinnen arbeiten an ihr. Eine, die misst, und eine, die schreibt. Wie soll der Ausschnitt sein? Nicht zu tief und nicht zu hoch. Ein Spitzenpassepoil wär sauber. Ein Spitzenpassepoil? Na, eine Spitze, die den Ausschnitt leicht verdeckt. Dann setzen wir den Ausschnitt doch ein Stück weiter nach unten, sagt die, die misst. Wo bekomm ich die Spitze? Gehens rauf zum Bunten Haus. Dort sitzt die Luise Ende. Die verkauft arabische Spitze. Und vielleicht bekommen Sie da auch noch ein Band um den Hals. Damit der nicht ganz so nackert daherkommt. Die, die misst, lacht frech.

Nach der Anprobe geht Lina rauf zum Bunten Haus. Suchen muss sie nicht lang. Gleich steht sie vor dem Laden von der Ende. Spitzen aller Art gibt's hier. Luise Ende ist eine, der man gern zuhört. Wie die spricht. Ein Spitzenpassepoil? Hier was besonders Zartes. Zu zart darf es nicht sein. Dann hier etwas Robusteres. Das wieder zu robust, aber das könnt passen. Und dann noch etwas um den Hals, etwas, das zu einem schwarzen Dirndl passt. Etwas Helles vielleicht. Etwas Weißes. Ein Edelweiß. Ein Edelweiß an einem schwarzen Band. Als alles beieinander ist, zeigt sie sich dem alten Clausing. Hat das Geld gelangt? Grad, sagt Lina. So wie du werden jetzt alle ausschauen. Tadellos.

Tadellos. So arbeitet Lina im Hotel. Serviert, wie sie es gelernt hat. Tadellos. Sie hört zu, hört, was die Gäste reden. Nachrichten gibt's immer, aber jetzt gibt's etwas, das erschüttert. Die einen erschüttert es und die andern ganz und gar nicht. Die einen sind entsetzt, und die andern wollen es unbedingt. Die meisten sind dagegen, aber die, die dafür sind, sind am Drücker. Es geht um den Ort und um den Nachbarort. Es geht um Garmisch und um Partenkirchen. Zusammengelegt werden sollen sie. Weil der Hitler das will. Weil der Hitler die Olympiade will. Und deswegen müssen die Garmischer und die Partenkirchner spuren. So wie er das will. Aber die Garmischer und auch die Partenkirchner lassen sich das nicht bieten, so viel ist klar. Erstens, weil sie sich hassen, abgrundtief und traditionell, und so ein Hass kann nicht einfach so mir nichts, dir nichts überwunden werden. So ein Hass hat tiefe Wurzeln. Und zweitens, weil es die Nazis sind, die sich so einen Schmarrn ausdenken.

Ein Nazi ist der Gauleiter Wagner, wenn der ins Clausings kommt, stehen alle stramm. Haben alle Angst. Lina geht in Deckung, wenn sie den sieht. Das ist einer der Schlimmsten, der Allerschlimmsten. Und der Bösartigste. Und da war wieder mal so ein Abend, da kam der Hartenstein, bei dem sie den Stoff für das Dirndl gekauft hat. Bleich war er, als er zur Tür hereinkam, kreidebleich. Der Wagner hätt ihn aus dem

Gemeinderat rausgeschmissen, wie der Wagner überhaupt den ganzen Gemeinderat unterwandert hat. Und jetzt ist alles aus. Die Nazis setzen den Zusammenschluss einfach durch. Garmisch und Partenkirchen werden Garmisch Bindestrich Partenkirchen. Und die Winter-Olympiade kommt. Und kurz drauf kommt der Wagner, der Obernazi, selbst ins Hotel, in die Stube, dort, wo der Garmischer Stammtisch sitzt. Und ein Wort gibt das andere, und mitten im Streit brüllt der Wagner: Halt's Maul, sonst kommst nach Dachau! Und alle halten das Maul.

7

Am Bunten Haus kommt man nicht vorbei, es liegt zentral im Ort. Wer das Haus kennt, weiß, welches ich meine. Ein Haus, das aus Höfen, Stiegen und Läden besteht. Luise Endes Laden für arabische Spitzen und Halbedelsteine zog Lina immer wieder an. Luise war es, die Lina mit Hedy Staakmann bekannt machte. Hedy hatte im Bunten Haus eine Bücherei, eine kleine Leihbücherei. Sie hatte die Bücherei in einem der vielen Treppenaufgänge eingerichtet. Nicht, dass dort sehr viele Bücher ausgeliehen wurden, und nicht, dass Lina dort sehr viele Bücher ausgeliehen hätte. Da war zu wenig Zeit zum Lesen. Manchmal vor dem Zubettgehen vielleicht. Da gingen sich ein paar Zeilen aus. Hedy war gebildet, die hatte eine Ahnung von Büchern. Staakmanns und Endes waren befreundet, wohnten alle im Bunten Haus, spielten Bridge. Irgendwann wollten die Endes Garmisch verlassen, zogen nach München. Nur ab und zu traf man sich noch zum Bridge. Fritz Staakmann war Epileptiker wegen einer Schusswunde, die er sich im Ersten Weltkrieg in Verdun zugezogen hatte. Fritz hatte seine Rente, Hedy die Leihbücherei. Es ging sich aus. Es ging sich grade alles so aus. Aber es las kaum mehr jemand zu der Zeit, keiner traute sich mehr zu lesen. Die Bücherei war oft verwaist. Und Hedy war Jüdin.

Im Garmischer Tagblatt findet man aus dem Jahr 1938 folgende Notiz: »Die Juden-Abwehrschilder sind da! Die runden Schilder mit dem schwarzen Hakenkreuz auf gelbem Grund und dem Text: Juden unerwünscht sind wieder eingetroffen und können im Haus der Nationalsozialisten gegen den Unkostenbeitrag von 2.– Reichsmark abgeholt werden. In Garmisch-Partenkirchen als repräsentativen Fremdenverkehrsort Deutschlands darf es kein Haus, kein Hotel und kein Geschäft ohne das Judenabwehrschild geben!«

Im Winter 38, da waren die Endes schon lange nach München gezogen, dringen nachts fünf Männer in die Wohnung der Staakmanns. Hedy und Fritz sind gerade auf dem Weg ins Bett, als es klingelt. Sie sehen sich an. Kann es schon so weit gekommen sein? Hatten sie zu lange gezögert, Garmisch zu verlassen? Hätten sie mit den Endes nach München ziehen sollen? Jetzt war sie da, die Meute vor der Tür. Macht's auf! Macht's die Tür auf! Fritz geht wie gelähmt zur Tür, deutet Hedy an, nach hinten zu gehen. Fritz öffnet die Tür. Ist deine Frau da? Einer schiebt Fritz zur Seite, verschafft sich Eintritt, die anderen stürmen hinterher. Wo ist die Judensau? Hinten im Schlafzimmer finden sie Hedy im Hemd. Bleich vor Angst. Auf geht's. Pack dich zsam. Sie zerren Hedy halb unbekleidet nach draußen, auf den Flur, durch das Bunte Haus, raus auf die Straße. Es schneit. Fritz hält sie auf. Lasst sie los. Lasst meine Frau los. Einer schiebt Fritz zur Seite. Schleich dich. Aber Fritz schleicht sich nicht. Es geht nicht gegen dich, geh heim, du. Fritz läuft im Schnee neben der Meute her. Die Meute zerrt Hedy die Bahnhofstraße hoch. Wer den Weg kennt, weiß, welchen ich meine. Die Meute zerrt Hedy an ihren Armen, an ihrem Hemd, ihren Haaren. Sie lachen auch. Es schneit. Am

Bahnhof steht ein Käfig. Wie für ein Tier. Als die Meute die Tür zum Käfig öffnet, überschlägt sich ihr Lachen. Wer das Lachen kennt, weiß, welches ich meine. Und sie stoßen Hedy hinein. Es schneit. Ich bin eine Judensau, steht auf dem Käfig, in dem Hedy sitzt. Fritz ist außer sich. Außer sich rennt er nach Hause, außer sich zieht er seine Uniform an, außer sich hängt er sich alle seine Orden um, außer sich nimmt er Haltung an, außer sich marschiert er wieder zum Bahnhof zurück. Stellt sich neben den Käfig, hält Wache. Einen Tag und eine Nacht. Dann schlägt ihm ein Soldat mit einer Eisenstange über den Schädel. Wer den Bahnhof kennt, weiß, welchen ich meine.

8

Das Hotelleben war Lina keine Last, es war ihr vertraut. Früh um halb sechs ging der Dienst los, Frühstück eindecken, um sechs kamen schon die ersten Gäste, die wollten auf den Berg. Um zehn Uhr wurden die Tische komplett abgeräumt für das Mittagessen ab zwölf Uhr. Dann wurde die Tischwäsche komplett gewechselt und eingedeckt für das Abendessen, so verging der Tag mit lauter Wünschen und Sonderwünschen. Wünsche waren etwas, womit sich Lina auskannte, kein Wunsch, der ihr unbekannt gewesen wäre. Wünsche erfüllen gehörte zu ihrem Tag.

Linas Lieblingsgast war Zarah Leander. Zarah Leander kam regelmäßig ins Clausings Post Hotel und wollte ausschließlich von Lina bedient werden. Sie saß immer allein am selben Platz, der für sie immer reserviert blieb, auch in ihrer Abwesenheit. Auch Zarah war Angestellte, Anfang der Vierzigerjahre war sie die prominenteste Angestellte der UFA. In späteren Jahren gingen wir manchmal ins Clausings essen, setzten uns immer gegenüber von Zarah Leanders Platz, sodass wir sie gut im Blick hatten. Dann ließ Lina die alte Zeit in sich wiederaufleben, und auch ich konnte Zarah Leander in der Ecke sitzen sehen, und auch ich sah meine achtundzwanzigjährige

Großmutter in ihrer vergissmeinnichtblauen Schürze durch den Raum gehen.

Zu den Gästen des Hotels zählte auch ein gewisser Professor Carl Brittner. Ein stiller, zurückgezogener Mann, der nicht im Hotel abstieg. Nur zum Abendessen kam er ab und zu vorbei. Er wohnte unweit vom Marienplatz, hatte 1906 selbst gebaut. Ein in jeder Hinsicht außergewöhnliches Haus. Eine Art Chalet. Er nannte das Haus Amalie. Amalie hatte nicht nur einen außergewöhnlichen Namen, sie hatte Charakter, eine Stimme und den Charme der Nofretete. Professor Brittner war Direktor des chemischen Laboratoriums der königlichen Museen zu Berlin, und die Nofretete gehörte zu seinen Kundinnen. Brittner hatte Sinn fürs Schöne. Und die Amalie ist definitiv das schönste Haus am Platz.

Ich habe eine alte Fotografie der Amalie, da ist die Höllentalstraße noch ein unbefestigter Feldweg, das Haus liegt umgeben von Tannen mitten auf einer Wiese. Auf der oberen Terrasse der Amalie sitzt ein Paar. Ein Zeitung lesender Mann sitzt neben einer lachenden Frau. Der Kleidung nach müsste die Fotografie Anfang des letzten Jahrhunderts aufgenommen worden sein. Da wusste das letzte Jahrhundert noch gar nichts von sich selbst, wusste nicht, was einmal aus ihm werden würde, und die Frau auf der oberen Terrasse konnte noch gut lachen. Auch die Zeitung, die der Mann las, wusste noch nichts von den erschreckenden Nachrichten, die das junge Jahrhundert bald ereilen würden.

Die Reisen von Berlin nach Garmisch müssen für Professor Brittner Ende der Dreißigerjahre schon mühsam gewesen sein. Es roch nach Krieg. Brittner hatte es ganz deutlich in der Nase. Er erzählte im Hotel, dass er die Amalie verpachten wolle, da er in der nächsten Zeit nicht mehr so oft nach Garmisch reisen könne, er wolle das Haus über die kommenden Jahre in guten Händen wissen. Als die anderen Gäste nach und nach den Tisch verließen und Brittner noch ein letztes Glas Whiskey trank, sprach Lina ihn an. Brittner war überrascht, verabredete sich aber tags drauf mit ihr und lud sie ein, sich die Amalie einmal anzusehen. Nachts berichtete Lina Maria in der gemeinsamen Kammer, wie sich alles ergeben hatte, und beide konnten in dieser Nacht kaum schlafen.

Brittner holte Lina vor dem Hotel ab, und weiter hinten stand auch Maria, die die beiden dann begleiten durfte. Schon der Weg mit Brittner durch die Höllentalstraße hatte etwas Beglückendes. Sie betraten das Anwesen durch den vorderen Garten, das Haus war nach Süden ausgerichtet, man hatte einen weiten Blick vom Wank aufs Karwendel, vom Karwendel auf die Alpspitze, von der Alpspitze auf das Höllental bis hin zur Zugspitze, und ganz hinten sah man sogar noch den österreichischen Daniel. Ums Haus herum liefen überall Balkone, und nach vorne zur Straße hin, einer eher unbefahrenen Straße, war eine großzügige verglaste Veranda, auf der einmal Thomas Mann Tee trank, das wusste Brittner zu berichten. Brittner zeigte Lina das Haus von Kopf bis Fuß, und Lina war hingerissen. Und auch Maria, die sich die ganze Zeit Sorgen um die Höhe der Pacht machte, konnte ihr Glück kaum fassen. Brittner sah, dass die Amalie bei Lina und Maria in guten Händen sein würde, und sicherte sich und seiner Familie mit der Verpachtung ein Wohnrecht, von dem er nicht allzu häufig Gebrauch machte. Lina unterzeichnete im Jahr 1937 den Pachtvertrag. Zwischen Lina und dem Haus war es von Beginn an Liebe auf den ersten Blick.

Die Entscheidung, sich selbstständig zu machen, war klug, denn im Dezember 1938, kurz vor Weihnachten, wurde meine Großmutter schwanger. Nicht, dass sie verliebt gewesen wäre, es war höchstens ein kurzfristiger Flirt, vermutlich eine Überrumplung. Wenn ich sie nachts im Bett fragte, wie der Vater ihrer Tochter war. Sagte sie kurz: grob. Mehr gab es dazu nicht zu sagen. Es war die Episode einer Nacht, freiwillig war es offenbar nicht. Und für meine Großmutter hatte es Konsequenzen. Sie verbarg die Schwangerschaft nicht und arbeitete bis kurz vor der Geburt im Hotel. Als Lina das Hotel endgültig verließ, das war schon im ersten Kriegsjahr, bekam sie von den Stammgästen einen Kinderwagen und hundert Reichsmark geschenkt, und dann brachte sie ihr Kind auf die Welt.

9

Lina und Maria wussten, was sie aneinander hatten. Sie boten sich in einer Zeit, in der die Gesellschaft sich in einer ungeheuren Schnelligkeit radikalisierte, Schutz. Und Schutz brauchte es im Garmisch Bindestrich Partenkirchen ganz dringend.

Unweit der Amalie steht das Haus Sonnenfleck. Und tatsächlich ist die Geschichte des Hauses Sonnenfleck ein Fleck. Ein Fleck wird gern verborgen und versteckt. Anfang der Dreißiger bezieht Bertha Schneider den Sonnenfleck. Sie kommt aus München angereist und sucht wie viele im Luftkurort ihr Glück. Der Sonnenfleck wird unter Berthas Führung eine Pension. Bertha wird bald klar, dass sie den Sonnenfleck nicht alleine weiterführen kann. Zur Seite steht ihr Karolina Lengenleicher, die junge, die andere Lina, die Bertha in allem unterstützt. Außerhalb des Hauses werden Berthas Gäste von Nachbarn angesprochen, dass dies das Haus einer Jüdin sei und dass sie, die Gäste, sich strafbar machen, wenn sie unter dem Dach einer Jüdin schlafen.

Manche negieren Anfang der Dreißigerjahre diese neuen Töne noch, aber schon wurden Ämter in der Gemeinde neu besetzt. Parteimitglieder der NSDAP ersetzten unbescholtene Bürger wie Berthas Freund Hans Bauer. Er wurde vom Amt entlassen, weil er mit ihr befreundet war. Auf Anzeige einer Nachbarin besucht die Kripo den Sonnenfleck und empfiehlt Bertha, baldmöglichst wegzuziehen. Bald bekommt Bertha eine Vorladung zum Bürgermeister Jacob Scheck. Scheck will ihr verbieten, Gäste aufzunehmen, sie soll das Haus schließen. Arische und jüdische Gäste wohnen Tür an Tür, und das sei ein befremdendes und bedrückendes Gefühl, sagt Scheck. Arischen Gästen sei nicht selten unbewusst, dass sie bei der Bertha Schneider in einem jüdischen Haus gelandet seien, und vor solchen unangenehmen Überraschungen wolle er sie schützen, sagt Scheck. Im August ordnet das Bezirksamt die sofortige Schließung des Sonnenflecks an. Am 10. November 38 morgens bekommt Bertha einen Anruf von einer Freundin, dass für den heutigen Tag eine Judenaktion geplant sei, organisiert von Jacob Scheck. Noch bevor der SA-Trupp im Sonnenfleck eintrifft, ist Bertha verschwunden.

Ich gehe den Philosophenweg entlang, als Kind bin ich hier manchmal mit Maria entlanggegangen. Immer hatten wir eine Handvoll Haselnüsse dabei. Nirgends konnte man Eichhörnchen so gut füttern wie hier. Sie kamen ganz nah. Ich denke an Bertha. War sie geschützt vom Wald? Der Weg verläuft teilweise ungeschützt. Den Zug in Garmisch hätte sie nicht nehmen können. Am Bahnhof wartet schon die SS. Die Angst macht sie schwach. Es hat keinen Sinn zu heulen, steh auf, lauf weiter. Angst lähmt. Alle Kraft scheint ihr aus den Gliedern zu weichen, aber sie zwingt sich und setzt einen Fuß vor den anderen Fuß. Sie läuft, sie darf auch nicht zu schnell, sonst versagen die Kräfte. Philosophenweg, denkt sie. Was für eine Philosophie die Menschen vertreibt, erniedrigt, ermordet?

Lina Lengenleicher, Berthas Freundin, wurde in der Zwischenzeit im Sonnenfleck von dem zwölfköpfigen SA-Trupp beschimpft. Wo ist die Schneider? Spuck's aus! Wo ist die Bertha Schneider? Lina will es nicht sagen. Lina wird es nicht sagen. Wenn du es nicht sagst, kommst du mit. Dann bist du dran, genau wie deine Freundin, die Judensau. Lina schweigt. Sie wird ins ›Haus der Nationalsozialisten‹ gebracht. Lina schweigt. Den Tag über wird sie beschimpft, verhöhnt. Lina schweigt. Am Abend wird sie ins Gefängnis gesperrt, wo sie sich einer Leibesvisitation unterziehen muss. Drei Tage später entlässt man Lina wieder. Den Aufenthaltsort von Bertha gibt sie nicht preis. Zu Hause im Sonnenfleck angekommen, sieht Lina, dass vieles gestohlen wurde, und alles demoliert. Den Schlüssel für das Haus nimmt man ihr ab. Das Haus wird versperrt, den Schlüssel bekommt der NS-Kreisleiter Hausböck. Das Judenhaus wurde an einen zuverlässigen Bewerber verkauft. Zuverlässig heißt Mitglied der NSDAP. Lina Lengenleicher verlässt den Ort und nimmt eine Stelle in München an. Bertha hält sich auch in München auf, wechselt immer wieder die Adressen. 42 kommt Bertha ins jüdische Sammellager in Milbertshofen, von hier aus schreibt sie einen letzten Brief an Lina Lengenleicher: Wir liegen auf Strohsäcken mit einer großen Menschenmenge zusammen, was man alles ertragen kann, wenn man muss. Freitag, also übermorgen, soll es abgehen nach Polen. Ein grausiges Schicksal, aber es macht nichts, man muss es hinnehmen. Liebe, gute, beste Lina, ich danke Ihnen von ganzem Herzen für alles Gute, Sie wissen, dass es für mich so unendlich schwer ist, mich gerade von Ihnen zu trennen. Niemand ist so treu zu mir gestanden wie Sie. Einmal kommt der Tag, ob ich's erlebe, weiß der Himmel, aber gegen die Bestimmung kann sich niemand auflehnen. Küsse Sie innig und bleibe stets Ihre Sie herzlich liebende B.

Am Freitag wird Bertha ins Lager Piaski nach Polen gebracht. Piaski war ein Transitlager, von hier aus wurden regelmäßig Transporte in die Vernichtungslager geschickt.

Bei der Judenaktion am 10. November 1938 wurden vierundvierzig Menschen jüdischen Glaubens aus Garmisch Bindestrich Partenkirchen vertrieben. Der verantwortliche Bürgermeister Jacob Scheck blieb über die Zeit des Nationalsozialismus hinaus bis 1966 aktiv im Garmisch Bindestrich Partenkirchner Gemeinderat. Bei seinem Tod 1992 verfasste der amtierende Bürgermeister von Bindestrich eine Anzeige mit dem Wortlaut: »Wir werden ihm stets ein ehrendes Gedenken bewahren.« Und das ist ein Fleck, ein echter Fleck.

10

Die Amalie war, solange ich denken kann, unsere Bleibe. Wenn ich im Traum die Amalie betrete, höre ich den Schwellenrost am Hintereingang klingen, der bei meinem Auftritt scheppert. Ich gehe hinunter ins Souterrain, wo der Kohlenkeller ist. Der Kohlenkeller ist schwarz vor Ruß und stockdunkel. Pass bloß auf, sonst kommst du in den Kohlenkeller, höre ich eine Stimme sagen. Der Kohlenkeller ist kein schlechter Ort. Es ist warm dort. Am Boden stehen alte Holzkisten mit Kartoffeln. Die Kartoffeln mögen es dunkel, die Kartoffeln riechen nicht schlecht. Wenn ich den Kohlenkeller rechts liegen lasse, komme ich zum Heizungskeller, in dem die Schuhe liegen. Schuhe, die schon so lange da liegen, dass sie ihre Besitzer verloren haben. Sie liegen und warten. Könnt ihr warten?, frage ich die Schuhe. Ja sagen die Schuhe, wir können warten. Ich gehe weiter in die Waschküche, früher stand dort ein riesiger beheizbarer Trog, in dem die Wäsche gerührt wurde. Der Trog wurde nachts um zwei mit Wasser und Wäsche befüllt und beheizt, um vier Uhr früh wurde die Wäsche gewaschen, ausgewrungen und draußen aufgehängt. Jeden Tag, bei jedem Wetter, auch im Winter. Manchmal war die Wäsche dann gefroren und steif wie ein Brett. Neben der Waschküche liegt das Bad. Lange Zeit war es das einzige Bad im Haus. Es wurde nicht oft benutzt. Man wusch sich auf dem Zimmer am Waschbecken. Neben dem Bad liegt der Hauptraum des Souterrains: die Küche. Alles in der Küche ist groß, der Tisch, die Vitrinen, die Kaffeemaschine, alles hat seinen unumstößlichen Platz. Riesige Geschirrschränke beherbergen Unmassen von Geschirr. Weiße Porzellanteller mit blauem Rand. Hinter der Küche liegt die Wäschekammer. Das Souterrain der Amalie war die Kommandozentrale meiner Großmutter. Zwischen den liegen gebliebenen Schuhen, zwischen den Porzellantellern und Tassen, zwischen der schmutzigen Wäsche der anderen baute sie ihr Imperium auf.

Ich gehe wieder hinauf, am Schwellenrost vorbei, nach oben ins Hochparterre. Unten in der Küche war es laut, hier ist es leise. Die Räume stehen in Erwartung von neuen Gästen. Ich gehe vorbei an den Frühstückszimmern in den einzig privaten Raum im Haus. Ein dunkler tannengrüner Fußboden, ein hoher Raum, der nach Büchern riecht. Vertrautes altes Mobiliar empfängt mich hier, Möbel, die lange vor meiner Zeit neu waren. Ich setze mich ans Klavier, ein grüner Hocker steht davor, ich lasse mich darauf fallen und drehe mich nach unten, immer tiefer und tiefer, um mit den Dingen zu sprechen, die den Raum beleben. Die chinesische Vase, das Bild vom Charlottenburger Schloss und andere Zufälligkeiten, die mir auf meiner Reise hinab begegnen. Die chinesische Vase sagt, dreh dich, dann siehst du meine Blumen tanzen. Und ich sehe die Blumen tanzen. Wenn der Drehstuhl stoppt, dreh ich ihn in die Gegenrichtung, jetzt sieht alles anders aus. Wie ein Maulwurf grabe ich mich in die Vergangenheitsecken meiner Familie hinein. Ich öffne einen Schrank und finde alte Fotos, ich betrachte sie und begreife, dass auch meine Großmutter nicht immer eine Große Mutter war. Sie war jung, aber jetzt wird sie zusehends älter. Wo wird das enden?

Ich höre ihre Stimme draußen, sie spricht mit einem amerikanischen Gast. Sie erklärt ihm auf Englisch, wie er auf den Berg kommt. Sie kann kein Englisch, aber sie spricht Worte, von denen sie glaubt, dass sie englisch sein könnten. Sie sagt: you see. In ihrer Sprache heißt das: Schauen Sie! Schauen Sie! Es ist ganz einfach. Gehen Sie zum Bahnhof und nehmen Sie den Zug. Aber der Amerikaner versteht nicht. Er will auf den Berg und nicht in die Bahn. Meine Großmutter versucht, ihm klarzumachen, dass der Zug auf den Berg fährt, aber es gelingt ihr nicht, und sie lacht.

Ihr Lachen klingt wie eine Glocke. Ihr Lachen stößt alles Dunkle ab. Obwohl sie ihre große Liebe verlor, nicht an den Tod, sondern an eine wirre Zeit, eine Kriegszeit, die alles auf den Kopf stellte und alle Existenzen vernachlässigte. Obwohl sie zeit ihres Lebens um ihre eigene und alle anderen ihr anvertrauten Existenzen kämpfte, und nicht zuletzt auch um meine, ließ sie sich von ihrer unbedingten Zuversicht nicht abbringen.

Ich verlasse die chinesische Vase und das Charlottenburger Schloss und gehe hinauf in den ersten Stock. Dort oben liegt das Zimmer der Mutter und das Schlafzimmer der Großmutter. Alle Türen sind offen. Im Schlafzimmer meiner Großmutter liegt eine Decke, eine Lamafelldecke. Die Decke hat ihr ein Gast geschenkt, der seine Hotelrechnung nicht zahlen konnte. Er ließ die Decke als Pfand zurück. Nie hat er sie eingelöst. Der Gast war ein Spieler. Bei der ortsansässigen Spielbank verlor er immer wieder sein ganzes Geld. Er brachte sein ganzes

Geld, ging in die Spielbank und verlor sein ganzes Geld und wahrscheinlich noch viel mehr. Am nächsten Tag war er fahl, aschfahl. Er war nur mehr der Schatten seiner selbst, er schien in sich zu verfallen, in sich hineinzufallen. Er kam ein- oder zweimal im Jahr und bekam immer das kleinste Zimmer. Die Zimmer in der Amalie waren nach den Bergen benannt, auf die man sah. Und sein Zimmer sah auf den kleinsten Berg, den Grasberg. Auf dem Grasberg war tatsächlich viel Gras, aber kein Geld zu finden. Meine Großmutter behandelte den aschfahlen Grasmann mit vorsichtiger Zurückhaltung. Sie wollte seinem Pech, seinem chronischen Pech, nicht zu nahe kommen. Es schien, als ob sie selbst das Grasbergzimmer mied und dort diejenigen einquartiert wurden, die ebenfalls vom Pech verfolgt waren oder zumindest mit dem Pech in Berührung kamen. Immer wieder sah ich den aschfahlen Grasmann in sein Zimmer schlurfen, er kam und er ging. Aber soweit ich weiß, verließ ihn das Pech nie. Und die Lamafelldecke, die keiner benutzte, blieb uns erhalten.

Meine Großmutter wusste, dass sie unerträgliches Glück hatte, und sie behielt die Lamafelldecke aus Respekt gegenüber dem unerträglichen Pech, das der aschfahle Grasmann hatte. Sie nahm ihn auf, wies ihn nicht ab, aber sobald er im Haus war, veränderte sich ihre Stimmung. Sie, die immer in Schwung war, war dann beklommen. Ich konnte diese Beklommenheit fühlen, wahrscheinlich als Einzige in der Familie. In späteren Jahren sagten viele zu mir, du bist wie deine Großmutter, das war nicht immer gut gemeint. Da sah man auch ihre Schwächen, die sie gehabt haben soll, die mir aber nicht offenkundig wurden. Jedenfalls wurde der aschfahle Grasmann um seines Pechs wegen gemieden und respektiert.

Keiner weiß, wie er zum Glück kommt. Das Glück passiert eben einfach. Und meiner Großmutter ist es oft passiert. Immer wieder. Nichts Weltbewegendes musste es sein. Ein einfaches Spiel, selbst als sie schon komplett erblindet war, man brauchte ihr nur zwei Würfel in die Hand legen, und sie würfelte zwei Sechser. Und es war immer so. Es gab kein Gewinnen gegen sie. Das forderte alle anderen heraus und forderte Leidensfähigkeit ein. Wenn sie zur Spielbank ging und auf Rouge setzte, kam Rouge. Die Spielbank frequentierte sie allerdings bewusst selten. Der aschfahle Grasmann war ein zu abschreckendes Beispiel. Die Spielbank war auch nicht ihr Terrain. Dort war das Glück zu öffentlich, zu sichtbar. Ihr Glück wurde im Privaten gemacht. An langen Nachmittagen schrieb sie Antwortschreiben an Gäste und füllte nebenbei Lottozettel aus. Sie ahnte oder wusste, dass sie das Talent für einen außergewöhnlichen Gewinn in sich trug. Sie selbst war nicht besonders glücklich oder unglücklich, sie hatte Glück. Mehr Glück im Spiel als in der Liebe. In der Liebe hatte sie kein Glück. Aber ihr Glück war, dass sie die Liebe anders begriff. Bei anderen war das Glück zerbrechlich, ihr Glück war verlässlich. Ihr Glück hatte nichts Flüchtiges. Es war immer da. Empörend im Grunde. Dabei machte sie sich keine Gedanken darum, es passierte ihr einfach. Und das war zutiefst empörend. Denn ihr Glück bedeutete auch, dass die anderen kein Glück hatten. Und in einer Familie ist so etwas schwer zu ertragen. Linas Tochter sagte: Meine Mutter hat permanent Glück. Linas Tochter brauchte gar nicht mehr zu sagen: Das ist eigentlich unerträglich. Es war unerträglich. Vor allem für Linas Tochter. Die Vorstellung, dass Eine permanentes Glück hat und die Andere nicht, ist unerträglich. Das spaltet. Und die Beziehung dieser beiden Frauen war gespalten. Ich sah zwischen beiden Frauen hin und her, und nichts war mir ein Rätsel.

11

Im Zimmer der Großmutter, das gegenüber dem Grasbergzimmer lag, befanden sich Erinnerungen, die nur darauf warteten, immer wieder und wieder betrachtet zu werden. Zwischen ihrer Wäsche hatte sie ein paar Geheimnisse herumliegen. Sie hatte nichts dagegen, dass ich ihre Wäsche vorsichtig zur Seite schob und alte Fotografien barg, die unter ihren Hemden lagen. Ein Mann war darauf abgebildet. Er lächelte. Ich lächelte zurück. Klar, dass mein Lächeln nicht für ihn bestimmt war. Er lächelte meine Großmutter an. Sie war die Liebe seines Lebens. Dachte sie, und er wusste es, und dennoch ging die Sache auseinander. Es muss schon in den ersten Kriegsjahren gewesen sein, als die beiden sich kennenlernten. Nach der Geburt von Linas Tochter. Vielleicht war er ein Gast? Jedenfalls war er durch die Wirren der Zeit in den Ort gekommen. Ein Zufallsgast. Und er blieb. Er blieb bei meiner Großmutter. Und er blieb bei Maria, die sich zeitgleich ebenfalls an jemanden band. Der Zufallsgast war ein Maler. Für seine Bilder hat sich keiner interessiert, ich schon. Ich mochte seine Bilder, jetzt noch hängen sie um mich herum. Ich betrachte sie, ich lese sie. Ich lese darin die Hingezogenheit zu meiner Großmutter. Das verbindet uns. Die Bilder sind einfach. Stellen Landschaften dar. Manchmal auch ein Blumenstück. Schlicht sind sie, vor allem schlicht. Aber auch tief. Leicht auch, nichts Schweres haftet ihnen an. Jedenfalls malte der Zufallsgast auch in der Gegenwart der beiden Frauen.

Er malte zwei Bilder, zwei Blätter. Zwei Sträuße. Der eine Strauß blüht im August. Ringelblumen, Zinnien wachsen darin vor einem geöffneten Fenster. Daneben steht ein Teller mit Früchten, ein Apfel halb geschält, ein Messer liegt auf dem Tisch, zeigt in Richtung des Fensters. Vielleicht hat jemand den Platz gerade verlassen? Ist nach draußen gegangen und treibt sich jetzt im Garten herum. Oder ist von dieser Arbeit zur nächsten gesprungen. Überall ist Arbeit. Unvollendete Arbeit. Kaum wollte man sich niederlassen, um einen Apfel zu schälen, musste man schon wieder los. Wäsche aufhängen oder abhängen. Kommt ein Gewitter? Dann wäre alle Arbeit umsonst gewesen, schnell noch die Wäsche abhängen, den Apfel kann man liegen lassen, den Apfel kann man später essen.

Der andere Strauß steht nicht in einer Vase, er schwebt, er steht in der Luft. Gehalten, gebunden ist er durch einen Grashalm. Der Strauß könnte im Mai gepflückt worden sein, Butterblumen, Hahnenfuß, Glockenblume, Sauerampfer, Gräser. Ein Wiesenblumenstrauß, wie man ihn liebt. Selbst gepflückt. Den Strauß möchte man geschenkt bekommen. Der Strauß ist bei einem gemeinsamen Gang entstanden. Der Gang wurde von Versprechungen begleitet, von Plänen, von Berührungen, von Küssen. Einmal muss die Arbeit Arbeit sein, einmal muss der Krieg Krieg sein, und einmal muss man raus, raus in die Natur. Der Zufallsgast war ein Naturmensch. Und den Naturmenschen zog es ins Freie. Und dort, unter freiem Himmel, versprach der Zufallsgast meiner Großmutter alles. Ein ganzes Leben.

Das erste Blatt schenkte der Zufallsgast Maria, und den Wiesenblumenstrauß schenkte der Zufallsgast meiner Lina. Die Schönheit und Flüchtigkeit der beiden Blätter bleiben betörend. Beide hielten ihr Bild in Ehren. Bis zu ihrem Tod war es immer bei ihnen. Für sie beide waren es Meisterwerke. Karriere hätte der Zufallsgast machen können, da waren sich die beiden sicher. In München auf die Akademie hätte er gehen sollen. Künstler hätte er sein sollen. Aber es gab kein Entrinnen, denn der Krieg packt jeden.

Ein ganzes Leben. Und meine Lina glaubte daran, und der Zufallsgast glaubte auch daran. Er glaubte so sehr daran, dass er um ihre Hand anhielt. Und sie glaubte so sehr daran, dass sie einwilligte. Und er glaubte so sehr daran, dass er nach der Heirat Linas Tochter adoptierte. Ein Kind geboren und aufgewachsen im Krieg. Linas Tochter erzählte mir, dass sie sich als Kind oft mit anderen Kindern geschlagen habe, ja man sich fast erschlagen hat. Einem Mädchen riss sie bei so einem Kampf beinahe den Zopf aus. Einmal hat der Zufallsgast auch Linas Tochter gemalt, und wenn ich heute dieses Bild betrachte, sehe ich, er hat ihr in die Seele geschaut, aber der Krieg packt jeden.

Der Krieg packte auch den Zufallsgast. Er wurde eingezogen und an einen anderen Ort versetzt. Das muss 1943 gewesen sein. Dann war der Zufallsgast verschwunden, er war im Krieg, und der Krieg packt jeden. Auch Marias Mann wurde nicht vom Krieg verschont, auch er wurde eingezogen und mit der Armee nach Russland verschickt. Lange hörte man von beiden nichts. Lina und Maria sahen sich ihre Blumensträuße an und dachten an ihre Männer, die im Ungewissen waren. 1943 war das Jahr der Niederlage. Die Wehrmacht scheiterte vor Stalingrad. Wollt ihr den totalen Krieg? Ja, wir wollen den totalen Krieg. Lina und Maria wollten ihn nicht, den totalen Krieg, und ihre Männer wollten ihn auch nicht. Lina und Maria wollten überleben. Und sie wollten ihre Männer zurück.

12

Wirr müssen die letzten Kriegsjahre gewesen sein, wirr auch die ersten Jahre der Besatzung. In den letzten Kriegsjahren mussten die Soldaten bei Laune gehalten werden, und die Soldaten wurden auf Heimaturlaub geschickt und durften mit ihren Familien im Luftkurort Luftdeppen spielen. Wenn früher ein Paar in einem Zimmer wohnte, waren es jetzt ganze Familien, die in einem Zimmer hausten. Und nicht nur die Amalie platzte aus allen Nähten. Viel später, als ich meine Streifzüge durch das Haus unternahm, waren die zwei Dachkammern, die links und rechts der Zimmer im Dach versteckt lagen, mein Ziel. Hier fand man Dinge aus jener Zeit. Alte Koffer wurden hier versteckt, alte Kleider wurden hier verborgen, stumme Zeugen aus der schlimmen Zeit. Oft hat meine Großmutter mich im ganzen Haus gesucht, und ich, die ich ihre Rufe hörte, saß verborgen in der Dunkelheit vor einem geöffneten Koffer, der einem Gast gehörte, der nichts mehr von Deutschland wissen wollte.

Nachts erzählt mir die Großmutter von der dunklen Zeit. Einer Zeit, in der man schnell die Orientierung verlieren konnte. Gegen Kriegsende, im April 45, sah sie nachts zwei Gestalten im Garten herumstehen. Ängstlich war sie nicht, sie ging hinaus in den Garten, sprach die beiden an. Es waren zwei arme Teufel, abgemagert bis auf die Knochen. Sie baten um Hilfe. Sie baten um Kleidung und etwas Essbares, wenn möglich. Ich musste meiner Großmutter jeden Satz aus der Nase ziehen. Sie sprach nicht gern über die Geschichte. Die Amalie besaß einen versteckten Erdkeller. Der Keller war groß und geräumig. Er war im Sommer kühl und im Winter einigermaßen warm. Feucht war er schon. Die Großmutter bewahrte dort Äpfel und Wein auf, Flaschen jeglicher Art und Marmeladen. Sie versteckte die beiden Männer in dem Keller. Eine andere Möglichkeit gab es nicht. Wenn sie mich da erwischt hätten, wären wir alle dran gewesen, sagte sie. Lange hielt sie die Männer im Keller versteckt. Wochenlang. Sie brachte ihnen, was sie brauchten, gab ihnen zu essen, gab ihnen Kleidung. Irgendwann kam die Besatzungsmacht, und die Männer im Keller verschwanden. Wohin, wusste die Großmutter nicht.

Jetzt, da ich hier sitze und mich an die Erinnerung meiner Großmutter erinnere, scheint mir, es könnte sich bei den Häftlingen um Soldaten der deutschen Wehrmacht gehandelt haben. Kurz vor Kriegsende wollten viele ihre deutsche Uniform loswerden. Oder waren es Menschen aus dem Todeszug, der von Dachau nach Mittenwald geschickt wurde? Gegen Ende April wurden die Gefangenen aus dem KZ Dachau systematisch nach Südbayern getrieben, mussten bei Temperaturen bis zu minus zwanzig Grad nur mit ihrer dünnen Häftlingskluft zwanzig Kilometer lange Tagesmärsche hinter sich bringen. Ungezählt die Menschen, die dabei ums Leben kamen. Die Todeszüge kamen wegen des dauernden Fliegeralarms nur langsam voran, und manchen soll es gelungen sein zu entkommen.

Kurz nachdem die zwei Männer aus dem Erdkeller verschwunden waren, bezog die Besatzungsmacht die Amalie, und meine Großmutter musste mit ihrer Familie das Haus räumen. Lina und Maria kamen für ein paar Monate bei Bekannten unter, ein paar Häuser weiter. Vor der Amalie entstand nun eine amerikanische Feldküche, eine der letzten Stellen im Ort, wo es noch was zu essen gab. Kurz nach ihrem Auszug wollte meine Großmutter noch etwas Vergessenes aus der Küche der Amalie holen, da wäre sie fast von einem Soldaten erschossen worden. Aber ihr ehemaliges Zimmermädchen, das jetzt das Zimmermädchen der Besatzungsmacht war, warf sich dazwischen und versicherte der Besatzungsmacht, dass es sich hier um eine Frau handeln würde, die unbedingt am Leben bleiben müsse. Das Glück war meiner Lina treu.

13

Lina und ihre Tochter, Maria und ihr Sohn, der inzwischen geboren wurde, saßen nun mit anderen Familien in einer fremden Wohnung und warteten auf bessere Zeiten. Arbeit gab es keine. Zimmer konnten keine vermietet werden, die waren von der Besatzungsmacht besetzt. Etwas musste geschehen. Und meine Großmutter entschied wie viele andere auch, mit dem Zug aufs Land zu fahren und Lebensmittel zu tauschen. Aber womit tauschen, wenn es nichts gab. Es gab nichts. Wobei, es gab immerhin das, was man auf dem Leib trug. Und das, was man auf dem Leib trug, trug man schon eine ganze Weile auf dem Leib. Immer poröser wurde der Stoff, immer löchriger wurde die Wolle, und Maria begann die Stoffe zu flicken und die Socken zu stopfen. Lina bewunderte Marias Werk. Nach Linas Meinung hatte Maria eine große Begabung, Löcher zu stopfen. Wo was gestopft war, war nicht mehr sichtbar. Und Lina nahm die frisch gestopften Socken mit aufs Land und tauschte sie gegen Butter, Brot und Milch. Und mit Linas Charme und Marias Geschicklichkeit zogen sich die beiden wie an ihrer eigenen Hand aus der ganzen Misere heraus. Nach einem dieser Ausflüge kam Lina hochbepackt mit Kartoffeln, Käse, Eiern und Brot am Bahnhof an. Die Kartoffeln waren im Futter des Mantels versteckt, Käse und Brot in ihrem Korsett, ein paar Eier trug meine Großmutter unter dem Hut. Die Türen des Zuges sprangen auf, und draußen stand mit dem Gewehr im Anschlag die Besatzungsmacht. Denn auch die Besatzungsmacht hatte Hunger. Zaghaft stiegen die schwer bepackten Menschen aus und gingen langsam auf die Kontrollen zu. Erwischt zu werden bedeutete, alles zu verlieren, womöglich inhaftiert zu werden. Und Lina musste alles nach Hause bringen, auch sich selbst. Vor ihr ging eine Frau. Auch die Frau hatte Brot im Korsett und Eier unterm Hut. Die Frau brach vor der Besatzungsmacht zusammen. Sie hat die Nerven verloren, sagte meine Großmutter viele Jahre später nachts im Bett. Die Frau hat es getroffen, und ich blieb dadurch verschont. Ich konnte ihre Schuldgefühle spüren und fuhr ihr ein bisschen über den Rücken.

In den Nächten 1945 und 1946 dachten Lina und Maria an ihre Männer. Marias Mann Albert musste jetzt in russischer Gefangenschaft sein. Und der Zufallsgast war immer noch stationiert an einem Zufallsort. Regelmäßig bekam Lina Post. Der Zufallsgast durfte den Zufallsort noch nicht verlassen. Und einmal wollte Lina nicht länger warten. Der Krieg war aus, sie bestieg den Zug und fuhr zum Zufallsort dem Zufallsgast entgegen. Ein ganzes Leben war versprochen, und ein ganzes Leben würde es sein. Sie zog das Beste an, was noch zu finden war, bestieg den Zug und kam drei Stunden später an. Es muss um die Mittagszeit gewesen sein, als sie vor dem Haus stand, das als Adresse auf Gilberts Briefen angegeben war. Und ja, der Zufallsgast hatte auch einen Namen. Ich wollte ihn im Ungewissen lassen, aber nun ist er heraus. Der Zufallsgast hieß Gilbert. Gilbert kommt von dem Namen Giselbert, der schöne Name Gilbert ist die Verknappung.

Lina steht vor dem Haus, einen Brief Gilberts in der Hand. Sie hat die richtige Adresse gefunden. Das Haus ist von einem Garten umgeben. Sie geht auf das Haus zu, die Tür steht offen. Mittägliche Stille im Haus. Sie klopft, erst leise, dann noch mal, und weit hinter den Steinfliesen, hinter der zweiten Tür, hört sie eine Stimme. Ich komme, ruft die Stimme. Und hinten am Flur sieht sie in der Dunkelheit eine Frau auf sich zuwanken, wie einen Spiegel. Durch den kühlen Flur kämpft sich die Frau nach vorne zur Haustür. Die Frau ist schwanger. Hochschwanger. Es wird ein heißer Tag. Schwitzend ist die Spiegelfrau nun vor Lina angelandet. Ich suche meinen Mann, sagt Lina. Die Spiegelfrau lacht. Wer ist ihr Mann? Hier wohnt nur ein Mann, mein Mann. Lina sagt: Gilbert. Ja, Gilbert, sagt die Spiegelfrau.

Hier endet die Geschichte. Linas Geschichte ist hier im Grunde zu Ende. Wie Lina vom Zufallsort nach Hause gekommen ist, weiß sie nicht mehr. Fast fünfzig Jahre später sitze ich mit der alten Lina und der alten Maria im Garten der Amalie. Und Maria sagt, dort ist er gestanden, und beide sehen gleichzeitig auf den oberen Treppenabsatz der Amalie. Beide starren dorthin, als stünde er immer noch dort oben. Lina muss konfrontationslos abgefahren sein, und er muss ihr umgehend hinterhergefahren sein. Schon am selben Nachmittag war sie wieder da. Und er kam schon am selben Nachmittag hinterher. Und immer wieder kam er, und immer wieder bat er um Vergebung. Ein ganzes Leben hätte es sein sollen, und er jedenfalls steht für dieses Leben bereit. Er sprach nicht über die Spiegelfrau, sie sprach nicht über die Spiegelfrau. Und sie sprachen auch nicht über das Spiegelkind. Das kann doch kein ganzes Leben werden, das wird ein halbes Leben. Nichts

Ganzes und nichts Halbes jedenfalls. Und so sehr sie auch hin und her dachte, es ging nicht mehr zusammen. Und es ging auch nicht um Schuld, sagt Lina. Schuld ist der Krieg, denn der Krieg packt jeden. Es muss sie Jahre gekostet haben, es muss sie Jahre gekostet haben zu verstehen, dass es in ihrem Leben kein ganzes Leben mit ihm geben würde.

14

Wir mussten ganze dreißig Jahre warten, bis wir darüber reden konnten. Ich musste auf die Welt kommen, und sie musste ihren Schmerz bewältigen, und dann musste ich noch alt genug werden, sagen wir acht oder neun Jahre alt. Das französische Bett befindet sich noch immer in meiner Obhut, genau wie die beiden Blumenblätter, die egal, wo ich wohne, immer in der Nähe des Bettes sind. Das Bett ist nach wie vor ein besonderer Ort. In ihm wird auf eine besondere Art geträumt. Gut kann ich nicht sagen. Man kann nicht immer gut träumen, im Grunde sind gute Träume selten. Der Traum ist ein zwiespältiges Land, das uns immer neue Rätsel aufgibt, aber in dem französischen Bett werden besondere Fäden gesponnen. Knotensysteme, die da zu einem Traum zusammengesponnen werden. Und manchmal scheint mir, dass hier in dem französischen Bett die Verbindung zur Großmutter am stärksten ist. Vieles kann ich verlassen, ein Land kann ich verlassen, ein Haus kann ich verlassen, das französische Bett kann ich nicht verlassen. Es bleibt hier und wartet auf mich und auf neue Besucher und neue Schläfer. Derzeit ist das Bett ein Gästebett. Das letzte Gästebett, das übrig blieb vom Hotel meiner Großmutter. Ihr eigenes Bett. Es liegt sich seltsam gut darin. Das bestätigen die Schläfer, die für eine Nacht oder zwei hier schlafen. Bett kommt von Beet, erkläre ich dem Schlafgast. Die ersten Betten sollen Erdschalen gewesen sein, jemand hat sich die Mühe gemacht, eine Mulde aus dem Boden auszugraben, kann sein, dass er ein paar Blätter hineingelegt hat oder eine Matte aus Gras. Wiege und Grab in einem jedenfalls. Das französische Bett, in dem ich aufgewachsen bin, ist eher ein Schiff, ein kleiner Segler, den man gern besteigt. Nicht wissend, dass er in vollkommen unbekannte Gewässer schippert.

Die Nacht meiner Kindheit teilte sich in zwei Teile, die Zeit, wenn es nun endlich darum ging, ins Bett zu gehen und allein darin einzuschlafen, und die Zeit mitten in der Nacht, wenn die Großmutter ins Zimmer kam, leise die Tür öffnete und sich leise, leise entkleidete und sich dann leise, ganz leise niederlegte. So leise konnte sie gar nicht sein, dass ich davon nicht aufwachte. Nicht, dass ich mich gleich zu erkennen gab. Ich wartete. Ich wartete auf den Moment, in dem sie das Bett bestieg und sich erschöpft vom Tag fallen ließ. Ich ließ ihr ein paar Minuten, bis ich leise, ganz leise fragte: Schläfst du? Und entweder die Großmutter war so erschlagen, dass sie längst schlief, oder sie lachte und hatte Lust zu reden. Warum kommst du denn erst jetzt? Ich musste mir noch die Zahlen ansehen, sagte sie. Und? Ach, nichts. Zwei Dreier und ein Vierer, sagte sie dann. Sei nicht enttäuscht, das Glück kommt zu dir. Manchmal wechselten wir beim Schlafen die Seiten, dann lag ich nicht hinter ihrem Rücken, sie lag hinter meinem.

Meine Großmutter war kein Mensch, der über Privates sprach. Aber mir gegenüber und geschützt durch die Schwärze der Nacht, in der man die Gedanken erst so richtig erkennen kann, mir gegenüber nahm sie wie aus dem nichts einen Faden auf und spann ihn stundenlang vor sich hin. Vielleicht war das nächtliche Gespräch auch ein Selbstgespräch? Erst meine Fragen machten daraus einen Teppich, auf dem wir beide stehen konnten. Oder fliegen. Jedenfalls war das Gespräch eröffnet. Und so erzählte mir Lina, dreißig Jahre nachdem sie den Zufallsgast in die Wüste geschickt hat, dass sie begriffen habe, es war ein Fehler. Es war ein Fehler, nicht zu verzeihen.

15

Lina war imstande, aus dem Nichts etwas zu machen. Sie war eine Meisterin darin, aus nichts etwas zu machen. Wenn es nichts zu essen gab, gab es immer noch den Wald. Walnüsse, Haselnüsse, Beeren aller Art, Steinpilze, Eierschwammerl wurden gesucht, gesammelt, gerext und im Erdkeller aufbewahrt.

Um im Wald Blaubeeren zu finden, muss man weit laufen. Den alten Weg muss man gehen. Durch die Klamm, durch das Tal, vorbei an der blauen Gumpe, bis zu der alten Hütte. Und dort, weit hinter der Hütte, auf bestem Waldboden wachsen sie, die Zutaten des Glücks. Nicht zu früh und nicht zu spät dürfen sie geerntet werden, immer wieder muss man den alten Weg hinauf- und hinuntergehen, um zu sehen, ob sie schon reif sind. Und dann, wenn es endlich so weit ist, kommt Maria herunter vom Berg in die Amalie gestürmt: Die Blaubeeren sind reif, die Blaubeeren sind reif! Und am nächsten Morgen mit dem ersten Licht laufen Maria und Lina samt Kindern den alten Weg bis weit hinter die Hütte und kämmen mit ihren Blaubeerkämmen die prallen Blaubeerstämme und bringen kübelweise tiefblaue Beeren nach Hause. Jetzt da es solche Gerichte kaum mehr gibt, nehme ich mir manchmal die Zeit für die Zubereitung von Rohrnudeln mit Blaubeerröster, wobei es unbedingt Blaubeeren sein müssen, die hinter der Bockhütte auf bestem Waldboden wachsen.

Ich verlasse also das Haus, gehe vorbei an den Tannen, die längst gefällt worden sind. Hinaus auf die Straße, die mich noch erkennt, ich suche den Weg mehr, als dass ich ihn finde. Ich gehe am Rand des Berges entlang und münde in die Straße ein, die zur Klamm führt. Bis zur Klamm brauche ich eine gute halbe Stunde. Ich lasse die Klamm und ihre Dramatik hinter mir und beeile mich, den ersten Berg hinaufzukommen, lange gehe ich durch das Tal, dann ein Anstieg, und tatsächlich schaffe ich es am späten Vormittag, die Hütte zu erreichen. Ich suche nach den Blaubeeren, finde sie aber nicht in der erwarteten Fülle vor. War jemand vor mir hier? Ich suche weiter und finde tatsächlich ein paar gut gefüllte Stämme. Zwei Handvoll sammle ich in meinem Jackett und mache mich auf den Rückweg. Ich sehe Lina und Maria vor mir herlaufen, die ihre prall gefüllten Blaubeereimer tragen. Alle Rucksäcke übervoll bepackt, alle Eimer randvoll gefüllt, dann geht es in rasendem Tempo bergab. Ich laufe ihnen in der Nachmittagssonne hinterher durch das Tal, durch die Klamm. Zu Hause angekommen zerdrücke ich fünfundzwanzig Gramm Hefe und löse sie in etwas Milch und Zucker auf. Gebe Mehl in eine Schale, drücke eine Mulde hinein, gieße die Hefe ein. Ich bedecke die Schüssel und warte.

Ich sehe mich um in der Küche meiner Großmutter. Ich sehe den langen Tisch, die lange Bank, an der viele Platz haben. In der Ecke hängt ein Kruzifix, es ist bunt geschmückt. Nichts Tristes haftet ihm an. Es ist, als ob Jesus eine Party feiert, so bunt ist es. Meine Großmutter war keine Kirchgängerin. Tritt doch endlich aus, höre ich die anderen sagen. Nichts sagt sie darauf. Nie sah ich sie in die Kirche gehen. Ich habe keine Zeit, in die Kirche zu rennen, sagte sie, das sollen die anderen machen. Und tatsächlich hatte sie keine Zeit dafür. Neben dem Kruzifix hängen ein, zwei Bilder vom Zufallsgast. Die Bilder sind geblieben, die Bilder haben die Trennung überdauert. Ein Bild stellt eine kleine Kirche inmitten von Feldern dar, es ist ein Idyll, ein Bildchen. Ich betrachte es genauer und entdecke am unteren linken Bildrand eine Ortsangabe, St. Georg im Ried, am rechten Bildrand Gilberts feine Signatur und die Jahreszahl 1943. Ein Fußweg verläuft durch die Felder zur Kirche, der die Betrachterin des Bildchens direkt in die Kirche führt. Ein Wunsch ist dargestellt, ein Versprechen. Gerahmt, verglast. Vielleicht ein Verlobungsgeschenk, denke ich. Noch näher trete ich ans Bild heran. Direkt über der Signatur sitzt unterm Glas ein verendetes Insekt. Eine Fliege vielleicht. Grau ist sie, jegliche Farbe ist aus ihr entwichen. Eine Zeitzeugin. Angelockt von den Kochkünsten meiner Großmutter schwebt sie über dem Küchentisch, bis die Felder anfingen sie mehr zu interessieren als alles andere. Zunächst kroch sie am Rand des Bildes entlang, bis sie eine Lücke fand, durch die sie eindringen konnte. Sie zwängte sich zwischen Rahmen und Glas und folgte dem Fußweg direkt in die Kirche. Aber die Kirche war leer, und sie beschloss, auf den Feldern zu bleiben. Direkt über der Signatur ließ sie sich nieder und blieb sitzen. Sie sitzt da und trauert. Sie trauert, dass sie nicht mehr herauskommt aus dem Idyll. Trauerte meine Großmutter? Wie ich sie kenne, verbarg sie ihren Schmerz in einer Art Ohnmacht. In einer so ist das eben Ohnmacht. Der Rest ist Schlaf oder Traum. Jahre später ist sie wieder aufgewacht, aber erst mal schlief sie ihren Schmerz ohnmächtig aus.

Ich nehme das Tuch von der Schüssel und sehe nach, ob die Hefe aufgegangen ist. Ich schlage ein Ei auf, verrühre es, gebe eine Prise Salz und noch etwas warme Milch hinzu. Außerdem zerlassene Butter. Ich knete den Teig, bedecke die Schüssel wieder und warte.

Wenn ich die Küche meiner Großmutter betrachte, sehe ich vor allem Arbeit, Arbeit und noch mal Arbeit. Türme von Geschirr in den Schränken. Berge von Wäsche in der Wäschekammer. Jeden Tag gab es haufenweise Wäsche zu bewältigen. Die Zimmermädchen brachten die Wäsche aus den Zimmern und türmten sie in der Waschküche auf. Ständig war die riesige Waschmaschine in Bewegung, wehe wenn sie ausfiel. Dann wurde die nasse Wäsche geschleudert, körbeweise nach draußen geschleppt zum Aufhängen. Je nach Witterung trocknete sie mal schnell, mal langsam, kaum getrocknet wurde sie abgehängt und in der Wäschekammer zusammengelegt und war nun zum Bügeln bereit. Wenn alle Zimmer um die Mittagszeit blitzsauber waren, wurde nachmittags gebügelt. Am besten man arbeitete zu zweit, dann ging es schnell. Gleich wurden die Wäscheschränke mit der sauberen, duftenden Wäsche gefüllt, bereit für ihren nächsten Einsatz am kommenden Morgen. Lina verrichtete ihre Arbeit mit erstaunlicher Leichtigkeit, rastlos, klaglos, immerwährend, rund um die Uhr. Vielleicht war es die Arbeit, die ihr über den Schmerz hinweghalf.

Nach einer Weile erwärme ich Butter in einem flachen Topf und forme walnussgroße Stücke aus dem Teig, wende sie in der flüssigen Butter und lege sie dicht an dicht. Ich schiebe den flachen Topf offen ins Rohr und warte. Nach einer Weile nehme ich einen kleinen Topf, gebe etwas Wasser hinein, Zucker, eine Zimtstange und die Schale einer Zitrone und hole die Blaubeeren aus meiner Jacke. Ich betrachte die Beeren, wasche sie vorsichtig und koche sie auf kleiner Flamme. Nach einer Weile fangen die Rohrnudeln zu duften an, ich hole sie aus dem Rohr. Bestäube sie mit Staubzucker. Ich breche eine heraus, tunke sie in den Blaubeerröster und stopfe sie mir in den Mund. In der Sekunde steht meine Großmutter neben mir. Sie ist über den Topf gebeugt. Gib mir auch eine, sagt sie. Ich breche eine zweite Rohrnudel heraus, tunke auch sie in die Blaubeeren. Sie beißt hinein. Heiß, sagt sie. Und dann: Zu wenig Salz.

16

Nachdem sich der Zufallsgast in Luft aufgelöst hatte, warteten Maria und Lina auf Bert. Bert war 43 ein paar Tage auf Heimaturlaub aus dem Krieg zurückgekommen und zeugte Marias Sohn. Danach fuhr er wieder in den Krieg. Marias Sohn kam in Abwesenheit des Vaters zur Welt. Lina und Maria arbeiteten unentwegt, es blieb wenig Zeit, sich um die Kinder zu kümmern. Die Kinder, kaum gewachsen, waren auf den Dorfstraßen sich selbst überlassen. Erst langsam fand der Ort nach dem Krieg wieder zu sich. Sieben Jahre mussten Bert und Berts Sohn auf ein Kennenlernen warten, und als es endlich dazu kam, war der Vater krank und traumatisiert und das Kind außer Rand und Band. So außer Rand und Band, dass der im Grunde gutmütige Vater den Jungen am Küchentisch einmal in die Ecke schleuderte. Mit einer Wucht, die bis dahin ungekannt war an Bert. Bert hatte aus dem Krieg nicht nur die Gewalt mitgebracht, sondern auch das Asthma. Über seine Erlebnisse im Krieg sprach Bert nie, aber das Asthma sprach Bände. Er brachte Hustenanfälle mit, die beängstigende Ausmaße annehmen konnten, wie ein Angriff, ein Anschlag, eine Attacke. Wochen nichts, Ruhe, dann abruptes, nicht enden wollendes Husten. Bellen. Husten. Röcheln. Bis zum

Erbrechen. Von Zeit zu Zeit ging er ins Krankenhaus, dann gab es wieder Phasen der Ruhe. Ich habe Bert als liebevollen Mann in Erinnerung, obwohl er sich gegen meine Ankunft im gemeinsamen Haushalt gewehrt haben soll. Dieses Kind kommt mir nicht ins Haus, soll er gesagt haben. Wenn dieses Kind ins Haus kommt, bin ich weg, soll er gesagt haben. Ich verlasse das Haus, sobald das Kind ins Haus kommt, soll er gesagt haben. Aber ich will nicht vorgreifen.

Die Kinder wuchsen nach einem Krieg auf, der in seiner Unnötigkeit und Unmenschlichkeit nicht zu übertreffen war. Die Nachkriegsjahre waren Jahre, in denen die Kinder oft sich selbst überlassen waren, erzogen von Männern, die erschöpft und brutalisiert aus dem Krieg zurückkamen, und von Frauen, die sich abarbeiteten, um das Leben wieder zum Laufen zu bringen. In diesem Klima wuchsen auch Linas und Marias Kinder auf. Und mit dem Verschweigen wuchsen sie auch auf. Man wollte nichts mehr wissen von der schlimmen Zeit. Man wollte vergessen. Jetzt noch kämpfe ich mit Linas Tochter, die sagt: Muss man denn die alten Geschichten wieder und wieder ans Licht zerren? Man wollte vergessen, und man sollte vergessen. Auch um die Verantwortung nicht übernehmen zu müssen, sollte und wollte man vergessen. Immer wieder wird eine Gelegenheit geboten, sich zu erinnern, und ich erinnere mich gerne an Thea. Thea Luise war Psychiaterin. Sie wusste nie, ob sie lieber Thea oder Luise genannt werden wollte. Als wir uns 2006 in Hamburg kennenlernten, war sie schon weit über achtzig. Sie verglich die Erinnerung gerne mit einem Schmetterlingskokon. Am unteren Ende sei der Kokon ganz dicht gewebt, öffne sich dann, um sich am oberen Ende wieder zu schließen. Anfang und Ende gleichen sich, sind von gleicher Form und Konsistenz, weswegen im Alter die frühesten Kindheitserinnerungen verfügbar sind. Ich lernte Thea bei einem Projekt kennen, das ich fürs Hamburger Schauspielhaus inszenierte. Ich nannte das Projekt: Rosi, das hast du gut gemacht. Ich lud darin die HamburgerInnen ein, mir von ihren Erfahrungen im Alter zu erzählen. Merkwürdigerweise erzählten mir alle von ihrer Kindheit nach dem Krieg, nach dem Zweiten Weltkrieg. Keiner redete über das Alter, alle über die Kindheit. Und in der Kindheit nach dem Krieg spielten die Eltern oft keine entscheidende Rolle.

Thea erzählte allerdings eine Geschichte ihres Vaters. Er war Innensenator in Hamburg und äußerst schwerhörig. Eines Tages, irgendwann Mitte der Dreißigerjahre, bekam er Besuch von einem Freund, der gerade das Innere eines KZs gesehen hatte. Und der Freund, zutiefst verstört von dem unvorstellbaren Grauen, das er sah, wollte dem Innensenator berichten, aber der Innensenator, fast taub, verstand ihn nicht und bat den Freund, lauter und noch lauter zu reden. Die achtjährige Thea stand hinter der Tür und hörte alles, was der Freund dem Vater ins Ohr schrie. Als Thea die Szene bei der Premiere im Hamburger Schauspielhaus erzählte, sagte sie: Wir wussten es alle, alle wussten es. Daraufhin brüllte ein Zuschauer: Das ist nicht wahr! Schockstarre im Schauspielhaus Hamburg. Thea, die Psychotherapeutin, widersprach dem brüllenden Zuschauer nicht. Sie ließ den Satz einfach auf sich selbst zurückfallen und setzte ihre Erzählung fort. Dass nicht gesprochen wird, dass nicht erzählt wird, dass verschwiegen wird, löst etwas aus. Das kann zu einem Unterbruch führen. Und wenn es ganz schlecht läuft, kann es zu einem Bruch zwischen zwei Generationen führen. Wie ein schwarzes Loch, das sich ausdehnt und breitmacht zwischen der Zeit davor und der Zeit danach.

Lina hatte keine Zeit, über schwarze Löcher nachzudenken, sie arbeitete, tagein, tagaus. Mehr Gäste bedeuteten, mehr Raum, mehr Betten, mehr Angestellte, mehr Arbeit.

Bert, Lina und Maria lebten in einem Dreieck. Zwar war Bert Marias Mann, aber er warf auch ab und zu ein Auge auf Lina, was die Beziehung der beiden Frauen offenbar nicht gefährdete. Bert kam krank aus dem Krieg zurück, todkrank. Maria und Bert brachten 1951 Zwillinge auf die Welt. Maria wurde mit den Kindern in ein weiter entferntes Krankenhaus verlegt. Ein Kind war stark, ein Kind war schwach. Man bemühte sich um das schwache, und das starke starb. Die Familie hatte schon ein erstes Auto, Bert hatte im Krieg den Führerschein gemacht. Bert fuhr einen Käfer. Bert und Lina holten Maria und die Kinder aus dem Krankenhaus ab. Auf dem Rücksitz saß Maria mit ihrer kleinen schlafenden Tochter. Auf dem Beifahrersitz saß Lina mit dem toten Kind. Das Kind ist so schwer, sagte sie. Das tote Kind, erst vierzehn Tage alt, wurde in ihrem Arm immer schwerer. Wie kann ein Kind so schwer sein, fragte ich sie. Es wurde immer schwerer, immer schwerer, sagte sie. Am Ende der Fahrt konnte ich es fast nicht mehr halten. Das Kind wird so schwer, das Kind wird so schwer. Stille im Auto. Es war eine entsetzliche Fahrt. Die drei nahmen die Unerträglichkeit stumm auf sich. Ohnmächtig vor Schmerz fuhren sie nach Hause.

Die Jahre des Wiederaufbaus waren von Verzweiflung geprägt. Verzweiflung über das Leid, das einfach da war. Das Leid, das nach und nach ans Licht kam. Und die Verzweiflung, dass der Tod auch unabhängig vom Krieg zuschlagen kann.

Einfach so. Der Tod des kleinen Zwillingwesens war nicht mehr zu ertragen. Ich kenne meine Großmutter im Umgang mit dem Tod. Zum ersten Mal bewusst habe ich es im Alter von drei Jahren miterlebt, als Bert starb, den ich meinen Großvater nennen durfte. Obwohl er nicht mein Großvater war. Er war der Mann meiner Großtante, die nicht meine Großtante war. Sie war die Schwester meiner Großmutter, die nicht ihre Schwester war. Ich erinnere mich, dass ich damals als Dreijährige von Zimmer zu Zimmer gegangen bin, und in jedem Zimmer saß jemand, und niemand war ansprechbar. Alle waren sie wie weg. Jeder war auf die eine oder andere Art in sich versunken. Einfach in sich verschwunden. Im Büro saß meine Großmutter. Im Schlafzimmer saß Maria, stumme Tränen rollten ihr über die Wangen. Das ist der Tod, sagte sie zu mir, und strich mir sanft über den Kopf.

An Berts Tod fühle ich mich nicht unschuldig. Mein Großvater konnte gackern, so gut wie ein Huhn. Spiel das Huhn, bat ich ihn. Und obwohl er mich vor meiner Geburt nicht im Haus haben wollte, war er mir nach meiner Geburt zugetan. Was diese merkwürdige Metamorphose in Bewegung brachte, weiß niemand, nicht mal meine Großmutter. Er war im Glück, wenn ich lachte. Und ich lachte, wenn er gackerte. Was zur Folge hatte, dass er oft das Huhn war. Es war Ostern, und wir saßen auf der Thomas Mann Veranda. Die Stimmung war gut. Er spielte schon eine ganze Weile das Huhn. Narzissen standen in einer Vase auf dem Tisch, darin auch Palmkätzchenzweige. Die Palmkätzchen waren schon haarig. Ich brach eines ab, betrachtete es und steckte es ihm in die Nase. Damit das Huhn noch besser gackern konnte. Und tatsächlich, das Gackern wurde dadurch noch besser. Ich brach ein zweites

Palmkätzchen ab und steckte es ihm ins andere Nasenloch. Das Huhn fing nun an auf eine dramatische Weise zu gackern, ja, es röchelte sogar. Es lachte, wie nur Hühner lachen können. Es röchelte, und es lachte, und dann fing es auch noch an zu husten. Das Lachen wurde immer weniger, das Röcheln und das Husten wurden immer mehr. Schließlich stürmte meine Großmutter auf die Veranda, schob mich zur Seite. Sie versuchte, das Huhn zu beruhigen. Und das eine und das andere Nasenloch von den haarigen Kätzchen zu befreien. Aber das schien unmöglich. Schließlich packte sie meinen Großvater und schleppte ihn nach draußen und lief mit ihm zu Fuß die Straße hinunter ins nahe Krankenhaus.

Wir besuchten Bert ab und zu im Krankenhaus. Es war eine besondere Stille dort. Alle waren leise. Ich ging entweder mit Maria oder mit Lina am Nachmittag vorbei, wir besuchten ihn oft. Täglich, soweit ich mich erinnern kann. Nicht immer durfte ich mit ins Zimmer. Ich wartete im Treppenhaus. Und sah mir die Pflanzen an, die dort in den Gängen wucherten. Zwischen den Pflanzen versteckt saß eine Figur. Die Figur saß auf einem grünen Felsen und sah mich an. Ein Kind. Ein kleines Kind, so alt wie ich. Drei, vier vielleicht. Das Kind trug ein weißes Kleid. Der Saum des Kleides war rot. Die Farbe des Kindes war schwarz. Maria schob dem Kind ein Zehnpfennigstück ins Kleid. Das Kind nickte. Das Kind wusste was. Etwas, von dem ich nichts wusste. Das Kind sah mir in die Augen. Auch ich wollte eine Münze einwerfen. Wird der Großvater wieder gesund? Die Figur nickte. Darf ich heute hinein? Die Figur nickte. Wird der Großvater sterben? Ich hatte keine Münzen mehr.

Bert kam wieder heraus aus dem Krankenhaus. Es ging ihm wieder gut. Er hielt sich gern im Garten auf und zeigte mir die Rosen, die er anpflanzte. Alte Rosensorten wie die Königin von Dänemark oder die Westerland gefielen ihm. Irgendwann kam der Großvater dann doch wieder ins Krankenhaus, und ich stand wieder vor der kleinen Figur im Gang zwischen den Pflanzen. Schon auf dem Weg erbat ich mir eine Münze, damit ich ihr eine Frage stellen konnte: Wird der Großvater sterben? Das Kind nickte. Und tatsächlich, er starb. Und alle waren wie weg.

17

Die Amalie war ein komfortables Haus, Brittners erlesenes Mobiliar hatte großen Anteil daran. Die Familie beschränkte sich auf wenige Zimmer im Haus, damit die vielen anderen Räume der Amalie an Gäste vermietet werden konnten. Die Zimmer wurden wieder und wieder renoviert, wurden ausgemalt, wurden frisch tapeziert. Die alten Möbel blieben und verbreiteten in ihrer unaufdringlichen Eleganz und Schlichtheit eine Atmosphäre, in der man sich gerne aufhielt. Die Zimmer hatten so ihre Eigenheiten. Kramer, das Zimmer, von dem aus man den Kramer sah, fühlte sich wie ein Mädchenzimmer an. Es war ein Einbettzimmer, indem auch mal ein Paar nächtigen konnte. Gleich links neben der Tür ein eingebauter Schrank, der etwas aufbewahren konnte, das gleich wieder verborgen werden soll. In der Mitte ein französisches Bett. Das Zimmer war nach Norden ausgerichtet, so kam das französische Bett in den Genuss der Morgensonne und der Abendsonne. Gegenüber dem Kramer das Dreitorspitzzimmer. Tatsächlich hatte man vom Flur die Möglichkeit, eine der drei Türen zu wählen. Ging man gradeaus in die mittlere Tür, betrat man den oberen Salon mit einem anschließenden Schlafzimmer. Karmesinrote Teppiche bedeckten das dunkle Parkett. Karmesinrot waren auch die Wände. In der Mitte ein großer runder Tisch, darüber eine grüne Lampe, die mit ihren Kelchen so aussah, als würde sie gleich überfließen. Dunkelgrüne Fauteuils warteten in den Ecken auf Regennachmittage, an denen nur gelesen werden sollte. Von der großen ovalen Terrasse aus hatte man den besten Blick aufs Karwendel. Gegen Abend, kurz nach Sonnenuntergang, glüht es für kurze Zeit. An Johanni, wenn die Feuer auf den Bergen entzündet werden, saß man abends hier umhüllt mit einer Decke, bis die ersten Feuer in der Dämmerung sichtbar wurden, und wartete, bis die letzten mitten in der Nacht erloschen waren. Links und rechts neben dem Zimmer der Kelche, zwei kleinere Zimmer. Das rechte Zimmer, das Wetterstein, sah mit seiner blau weiß gestreiften Tapete wie ein altes Kinderzimmer aus, eine winzig kleine Tapetentür führte in einen Teil des Speichers, in dem man altes Spielzeug wiederfinden konnte. Manches Kind soll am Beginn der Ferien hier verschwunden sein, um erst bei der Abfahrt wieder aufzutauchen. Das linke Zimmer, der Schachen, dagegen sah mit seinen hintereinanderstehenden Betten aus wie ein ehemaliges Dienstbotenzimmer, hier schliefen oft sogenannte Einnächtige. Einnächtige, die auf der Durchreise waren und ein Bett für eine kurze Nacht suchten. Hinter dem Schachen lag ein Speicher, in dem Lina Liegengebliebenes aufbewahrte.

Merkwürdig, dass die Zimmer ihren Charakter immer beibehielten, obwohl so viele Gäste durch sie hindurchzogen. Als ob das Zimmer dem Gast einen Platz zuwies, an dem er sich wiederfinden konnte, wenn er wollte. Manche Gäste wollten bei der Abreise andere Zimmer sehen. In ihren Briefen schrieben sie dann, im nächsten Jahr wohne ich im Daniel. Das Daniel, das links neben Linas eigenem Zimmer lag, wollte man im Grunde nie wieder verlassen. Es war blau, und die Zeit stand still in diesem Zimmer. Man fühlte sich unendlich aufgeräumt darin.

Nach und nach wurden Waschbecken eingebaut, auch Bäder, wenn es der Raum zuließ. Betten, Matratzen, Handtücher, Wäsche wurden angeschafft. Und plötzlich war da eine Idee. Was, wenn man die Betten fürs eigene Hotel selbst herstellen würde. Handgemachte Daunendecken. Schlafend, so verbringt der Schlaftourist seine Nächte im Hotel. Und damit dieser Touristenschlaf unvergesslich wird, kreiert man eine Decke, die so federleicht ist, dass man den besten Schlaf der Welt schläft. Und den besten Traum der Welt träumt. Maria lernte drei Monate in einer Daunenbettmanufaktur am Tegernsee, und als sie wiederkam, wusste sie, wie man die besten Daunenbetten der Welt herstellt, die allerbesten.

Im Souterrain wurde für Maria eine kleine Werkstatt eingerichtet, und die erste Daunendecke wurde unter den staunenden Augen der Familie angefertigt. Dafür musste eine riesige Holzplatte aufgebaut werden, auf der Maria feinstes weißes Inlett aufspannte. Dann legte sie ein meterlanges Lineal auf und zeichnete die späteren Karos der Decke mit Bleistift auf. Maria stellte Decken mit inneren Stegen her, eine raffinierte Technik, die später die Decke optimal belüften würde. Eine Decke, die im Winter wärmt und im Sommer kühlt. Eine Decke, in der man auf wundersame Weise sofort in tiefen Schlaf sank. Maria verwendete nur allerfeinste Daune ohne Kiel, mit der die Decken zunächst vorsichtig von Hand, später mit riesigen Maschinen befüllt wurden.

Lina schlief eine erste Nacht in Marias Decke und war hin und weg. Jeder Gast sollte das Vergnügen haben, in einer solchen Decke zu schlafen. Jeder Schlaftourist sollte so einen federleichten Schlaf schlafen. In Windeseile wurden die ersten vierundzwanzig Daunendecken fürs eigene Hotel hergestellt, und der Erfolg war durchschlagend. Die Schlaftouristen waren überwältigt von ihrem Schlaf. Es gab welche, die im Grunde nur zu Hause schlafen konnten, und jetzt schliefen sie in einem völlig unbekannten Bett auf eine völlig ungekannte Weise. Die Schlaftouristen erwachten und konnten gar nicht fassen, wie gut sie geschlafen hatten. Lina gab in der Buchbinderei eine Karte in Druck, darauf stand: ›Haben Sie gut geschlafen? Sie schlafen in einer Daunendecke aus unserer hauseigenen Manufaktur. Feinstes Inlett, Feinste Daune, Feinste Wäsche.‹ Und Maria stellte eine Daunendecke nach der anderen her.

Bald platzte die Amalie aus allen Nähten, die Schlaftouristen kamen in Scharen und wollten den ungekannten Schlaf schlafen, und Lina und Maria mussten expandieren. Linas Gedanken umschwirrten bereits ein neues Objekt, das sogenannte Hinterhaus. Das Hinterhaus war hinterm Haus, im Grunde das gleiche Haus wie das Vorderhaus. Auch das Hinterhaus war im Chaletstil gebaut. Das Hinterhaus hatte im Gegensatz zum Vorderhaus keine Veranda, auf der Thomas Mann mal Tee getrunken haben soll. Und das Hinterhaus war namenlos. Das war der wesentliche Unterschied.

18

Im Hinterhaus lebte eine alte Dame. Sie soll verbittert gewesen sein. Schroff, auch bösartig manchmal. Aber sie wurde alt und älter und brauchte Unterstützung, und natürlich fiel ihr Blick auf die beiden jungen Frauen, die da kurz vor dem Krieg in die Amalie eingezogen waren. Die mit so viel Kraft und Elan und ohne die Unterstützung ihrer Männer ein kleines Hotel und eine eigene Werkstatt ins Laufen brachten und dabei noch ihre Kinder großzogen und die trotz aller Anstrengung guter Laune waren.

Maria hatte mal versucht, der Kanaille zur Hand zu gehen, ist aber gleich wieder abgesprungen. Die schaffe ich nicht, sagte sie. Sie ist zu bösartig, die schaffe ich einfach nicht. Lina konnte die Bösartigkeiten der Kanaille an sich abprallen lassen. Und nach ein paar anfänglichen Krisen beim Frisieren, sei doch etwas vorsichtiger, du Trampel, pass doch auf, Schwachkopf, begann langsam eine Annäherung zwischen beiden Frauen, und die Kanaille bot Lina an, auch den unteren Teil des hinteren Hauses an Gäste zu vermieten. Die Kanaille wolle sich in den oberen Teil des Hauses zurückziehen. Ein Angebot, das Lina nicht ausschlagen wollte, andererseits war die Kanaille schon eine Kanaille.

Ein paar Nächte überlegte Lina hin und her, dann bot sie der Kanaille an, dass sie bis an ihr Lebensende für sie da sein werde, dass sie allerdings das Haus der Kanaille abkaufen wolle. Abbezahlen werde sie das durch ihren Fleiß, durch ihre Arbeit, durch ihre Einkünfte. Die Kanaille rastete aus. Lina ging.

Tagelang keine Reaktion. Die Kanaille hatte keine Erben, niemanden, der sich um sie kümmerte, alle waren vor ihr davongelaufen. Wer weiß, was sie im Leben so bitter gemacht hatte. So bitter, dass alle die Flucht ergriffen. Keiner mehr, der mit ihr was zu tun haben wollte. Nur weg, weg, weg von dieser Giftigkeit, den Übergriffen, den Attacken. Lina hielt der Kanaille auf mysteriöse Weise stand. War es das behinderte Kind in der Bahnhofsrestauration, an dem sie scheiterte und an das sie ein Leben lang dachte? Waren es die Grobheiten des Vaters, die sie so stählern machte, dass sie die Boshaftigkeit der Kanaille ertragen konnte, oder war es diese gewisse Leidensfähigkeit, die sie sich ein Leben lang abverlangte?

Jedenfalls schrie die Kanaille plötzlich vom oberen Balkon herunter in den Garten: Lina, Lina! Lina, die gerade dabei war, im Garten die Wäsche abzuhängen, legte das letzte Laken zusammen, strich es im Wäschekorb noch mal glatt. Lina, Lina! Komm sofort herauf! Lina durchquerte den Garten, betrat das Hinterhaus und stieg die zwei Stockwerke nach oben zur Kanaille. Die Kanaille wütete herum und war überhaupt in einem fürchterlichen Zustand, die Wohnung war abgedunkelt, die Kanaille thronte auf ihrem deutschen Stuhl, verwelkte Blumen verströmten einen fahlen Geruch, alte Wäsche lag im Zimmer verstreut herum. Die Kanaille war außer sich und schrie: Ich verkaufe dir das Haus, verdienen wirst du es nie, Miststück elendiges.

Lina nahm den Kamm und strich der Kanaille damit durchs Haar, und langsam, langsam kam die Alte wieder zu sich und sagte: Mach das Fenster auf, bring die Blumen weg und hol mir was zu essen, Trampel, du.

19

Zunächst war der Amerikaner Besatzungsmacht, aber nach und nach wurde die Besatzungsmacht Gast. Die amerikanische Feldküche verschwand, und stattdessen entstand in der Nähe des Bahnhofs ein amerikanisches Warenhaus, das sogenannte PX. Im PX gab es Dinge, nach denen sich alle sehnten. Amerikanische Dinge gab es hier in Hülle und Fülle. Das PX durfte aber von Einheimischen nicht betreten werden. Weswegen wieder der Schwarzmarkt blühte, das amerikanische Sehnsuchtszeug wurde herausgeschafft, um es dann an Einheimische gegen Gefälligkeiten weiterzugeben. Ich fand das amerikanische Sehnsuchtszeug überschätzt, das amerikanische Eis maßlos überschätzt. Das Einzige, was ich über alles liebte, war amerikanische Schokolade. Ich schmeiße alles weg für eine kleine Tafel Hershey Schokolade. Es gibt nur eine Steigerung, und das ist die Hershey Almonds. Einer Tafel Hershey Almonds bin ich einfach ausgeliefert.

Der Amerikaner an sich machte eine Wandlung durch. Ja, er wurde Gast, und wenn ich das so sagen darf, ein ganz ausgezeichneter Gast. Das Hotel meiner Großmutter wurde überflutet von amerikanischen Touristen, und all das verdankte sie einem jungen Durchreisenden, der in einer Winternacht vor ihrer Tür stand. Es schneite. Er sei eben mit dem letzten Zug aus München gekommen, sagte der junge Durchreisende. Die Zimmervermittlung am Bahnhof habe schon geschlossen, aber ein Passant riet ihm, bei meiner Großmutter nachzufragen, ob sie nicht doch noch ein Zimmer für die Nacht hätte. Meine Großmutter sagte, dass sie bereits komplett ausgebucht sei, aber dass der junge Durchreisende jetzt um die Uhrzeit wahrscheinlich nirgends mehr ein Zimmer finden würde. Es war schon nach elf, und es schneite. Sie sah ihn an. Er sah etwas mitgenommen aus. Sie bot ihm für die Nacht ein Bett in ihrem Wohnzimmer an, morgens müsse er allerdings früh raus, denn dann würden die ersten Gäste zum Frühstück kommen. Kein Problem, sagte der junge Durchreisende. Meine Großmutter ging also nach unten in die Wäschekammer, holte zwei frische Handtücher, gab sie dem jungen Mann und bot ihm an, in der Zwischenzeit ein heißes Bad zu nehmen. Dann holte sie Laken, frisches Bettzeug und eine Daunendecke aus der Wäschekammer, zog das Sofa aus und bereitete ein sauberes Bett für den jungen Amerikaner. Am nächsten Morgen weckte sie ihn mit einem Frühstück. Der Durchreisende bedankte sich und bat um die Rechnung. Haben Sie denn Geld?, fragte meine Großmutter. Der Durchreisende lächelte scheu. Dann belassen wir es dabei.

Erinnert schon ein bisschen an Philemon und Baucis, finde ich. Jupiter kommt an die Tür, quasi als Bettler verkleidet, großes Gewitter draußen, und Phil und Bauci bieten Unterkunft und was zum Essen an. Ich vermute nicht, dass meine Großmutter den Mythos kannte und auch nicht seinen Ausgang, bemerkenswert für mich aber ist, dass sie einfach immer so aus sich heraus entschied. Und in diesem Fall erinnert sie mich manchmal an Ute Bock. Ute Bock war einer der erstaunlichsten Menschen, denen ich das Glück hatte zu begegnen. Ich lernte sie durch Zufall kennen. Im Grunde war ich nur neugierig, warum so viele Menschen vor ihrer Tür in der Wiener Karmeliterstraße herumstanden. Ein ganzer Pulk von Menschen stand da regelmäßig herum vor einer kleinen blauen Tür. Ich bahnte mir den Weg hinein, und da stand die kleine Frau Bock hinter einer Theke. Was gibt's denn hier?, fragte ich, daraufhin sie: Post gibt's hier, Post ohne Ende. Bitte, sagte sie zu mir. Sie können mir ein bisschen helfen. Können Sie lesen? Glaube schon, sagte ich. Na, dann hier einfach Adressen vorlesen und Post verteilen. Die Beschäftigung war faszinierend, sie gefiel mir, und Frau Bock gefiel mir auch. Ich half ihr von nun an, Post an Menschen auszuteilen, die keine Adresse hatten. Geniale Idee, dachte ich, und machte ein Stück draus, bei dem auch Ute Bock mitspielte. Sie trat am Schluss des Stückes auf und erzählte dem restlos ausverkauften Volkstheater, was die Menschen, die nicht aus Österreich kommen, sondern aus Afrika, aus Asien, aus Südamerika und die das Leben in seiner Undurchschaubarkeit und Tiefgründigkeit nach Wien gespült hatte, ganz dringend brauchen. Und dann fing sie an über das Nötigste zu reden, das Allernötigste. Schulhefte für die Kinder fürs Erste, Decken, Essen, Kosmetikartikel, Verbandsmaterial, Medikamente, alles, was man eben im Alltag braucht und wofür sie jetzt nach der Vorstellung sammeln werde. Sie werde sich umgehend in die Rote Bar begeben, und sie habe einen Schuhkarton dabei, und bei der Gelegenheit könne man ihr was spenden, und sie werde dann persönlich dafür sorgen, dass das schon an die richtige Adresse kommt. Nachts begleitete ich sie nach Hause, der Schuhkarton war randvoll mit Scheinen, und als wir bei ihr vor der Tür standen, wartete schon die Traube von Menschen auf sie, an die sie ihr Geld verteilte. Meine Großmutter hatte keine NGO wie Ute Bock, aber in gewisser Weise war auch sie immer wieder eine Non-Profit-Organisation. Sie hat ihre anfängliche Armut nie vergessen und verdrängt. Vielleicht auch ein Grund, warum ihr das Glück immer gewogen blieb.

Ein Jahr nach dem Besuch des jungen Durchreisenden wurde meine Großmutter von Amerikanern überrannt. Auf dem Sofa hatte Arthur Frommer übernachtet, ein amerikanischer Soldat, der in Deutschland stationiert war und bald ein weltberühmter Reisejournalist wurde und den Weltbestseller Europe 5 $ a Day schrieb. Später hieß der Weltbestseller dann Europe 10 $ a Day, und noch später Europe 25 $ a Day. Er beschrieb die Episode in seinem Buch, und nun wollte ganz Amerika bei meiner Großmutter auf dem Sofa schlafen. Arthur Frommer kam in den kommenden Jahrzehnten immer wieder mal vorbei, und bis zur letzten Ausgabe war das Hotel meiner Großmutter ein Fixstern in seinen Büchern. Es kamen so viele Amerikaner, dass Lina nicht nur ihr eigenes Hotel füllte, sondern auch alle anderen Hotels in der näheren und weiteren Umgebung. Und das Beste, das Allerbeste, die Amerikaner kamen antizyklisch nach Europa, also nicht zur Hauptsaison, in der der deutsche Tourist oder der europäische Tourist reist. Was zur Folge hatte, dass meine Großmutter immer ausgebucht war, in der Hauptsaison, in der Nachsaison und in der Zwischensaison, sie hatte immer Saison. Was meine Großmutter auf den Tod nicht ertragen konnte, war ein leerstehendes Zimmer. Alles musste immer bis auf das letzte Bett ausgebucht sein. Besser überbucht als nicht gebucht. Wenn dann alle Schlaftouristen in ihrem Bett waren, ging auch sie zu Bett.

Um sich mit den Amerikanern zu unterhalten, musste sie die Sprache der Gäste lernen. Sie bedauerte zutiefst, dass sie als Kind keine Sprachen gelernt hatte, und setzte nun alles daran, die Sprache der Gäste zu sprechen. Bei einem Sprachkurs setzte ihr Gedächtnis aus. Sie versuchte ein-, zweimal, an Kursen teilzunehmen, immer mit dem Ergebnis, dass der Kurs in sich zusammenbrach, da das Englisch meiner Großmutter zur grenzenlosen Erheiterung aller TeilnehmerInnen führte. Alle Menschen, die sie je gebeten hat, ihr die englische Sprache näherzubringen, sei es im Gruppen- oder Einzelunterricht, scheiterten. Sie lernte nur durchs Tun, wie man so schön sagt, und erlangte schon eine gewisse Könnerschaft darin. Sie erlernte die Sprache auf rein phonetischer, also lautsprachlicher Grundlage.

Jetzt, da ich hier sitze und mich erinnere, breche auch ich auf diesem Stuhl zusammen vor lauter Freude über das, was sie zum Besten gab, und ich glaube, dem ein oder anderen Amerikaner ging es genauso. Ein Gespräch begann meist damit, dass sie nichts verstand. Sie nickte verständnisvoll, zum einen um das Gegenüber in Sicherheit zu wiegen, und andererseits, um Zeit zu gewinnen. Sie hoffte auf irgendein Schlüsselwort, das sie packen konnte. Wenn nichts half, sagte sie mehrmals hintereinander SEE. Im Sinne von: Sehen Sie. Das schnappte sie bei den Amerikanern auf, die sagten ständig YOU SEE, um das zu untermauern, wovon sie gerade sprachen. Und Lina mochte dieses Wort und benutze es wie ein Werkzeug für alles. Irgendwann drehte sie sich mitten im Gespräch um und sagte, ich glaube er will eine Nacht länger bleiben, was meinst du?

Tatsächlich wollte der Gast eine Nacht früher abreisen, aber noch bevor der Gast irgendwas sagen konnte, sagte sie schon: NO PROBLEM, SIR. ABSOLUTELY, SIR. NO PROBLEM. ABSOLUTELY war auch so ein Lieblingswort von ihr. Aber ihre absolute Geheimwaffe war das Wort: COME. Und erstaunlicherweise kam sie mit diesen sieben Grundpfeilern der englischen Sprache ziemlich gut durch. Etwas passte immer. Wenn sie einen Weg beschreiben sollte, rollte sie das Ganze von hinten auf. Also zuerst COME, um den Amerikaner in die richtige Laufrichtung zu bringen. Dann NO PROBLEM, um ihm die nötige Zuversicht mit auf dem Weg zu geben. ABSOLUTELY gab ihm Schwung, und zum Schluss das immer passende SEE, um ihm zu signalisieren, dass er jetzt auf dem richtigen Weg wäre und nur immer weitergehen müsse.

Manchmal war sie wütend über sich selbst. Und auch auf das Leben, das ihr am Beginn keine Bildung mitgegeben hatte. Es muss Anfang der Fünfzigerjahre gewesen sein, als sie die ganze Familie zu einer Bildungsreise nach Italien einlud. Ein Monsignore aus Ettal wurde engagiert, der Käfer wurde bepackt, und zu siebt – drei vorne, vier hinten – fuhren sie über den Brenner durch ganz Italien. Der Monsignore aus Ettal soll tatsächlich bei jeder italienischen Kirche ausgestiegen sein und sein Wissen über die italienische Renaissance und den Barock zum Besten gegeben haben, weswegen meine Großmutter auch mit fließenden Italienischkenntnissen von der sechswöchigen Reise zurückkam.

20

Die italienische Reise lag vor meiner Ankunft bei Lina. Vor meinem Aufprall in Bindestrich, denn ein Aufprall war es. Linas Tochter hatte auf einer Bildungsreise durch Frankreich einen französischen Juristen kennengelernt und sich in ihn verliebt. Es war die Liebe eines Sommers, und als Geschenk brachte sie mich mit nach Bindestrich. In Bindestrich löste das keine Freude aus. Und auch in der Amalie gab es Turbulenzen. Linas Tochter kam nach einem Aufenthalt in einer Sprachenschule in Tour mit dem noch unsichtbaren Geschenk nach Hause, damals wusste noch niemand von mir. Da ich im Sommer gezeugt wurde und man im Winter den Körper unter einem dicken Norwegerpullover verbergen konnte, ahnte lange niemand etwas von mir. Aber nach und nach wurde der Familie offenbar, was sich da in dem Körper von Linas Tochter verbarg. Es war, wie schon erwähnt, vor allem Bert, der sich gegen meine Ankunft sperrte, aber im Grunde war ich ja schon da. Und nun wurde nachgedacht. War eine Heirat mit Frankreich möglich? Diese Frage musste mit einem eindeutigen Nein beantwortet werden. Eine Heirat mit Frankreich war nicht möglich. Frankreich konnte Deutschland im Grunde nicht ausstehen. Ganz abgesehen von einer langen Verkettung von historischen Erbfolgekriegen hatten die Deutschen auch kürzlich wieder mal großes Unheil in Frankreich angerichtet, und das würde Frankreich Deutschland nie verzeihen. Außerdem war Frankreich Jurist, und als solcher konnte er keine Deutsche heiraten. Noch dazu war Frankreich ein ehrgeiziger Jurist, er wollte und würde es weit bringen. Eine Heirat war also absolut unmöglich. Frankreich soll sogar den Versuch gemacht haben, mich loszuwerden. Er suchte einen Freund mit Linas Tochter auf, einen Gynäkologenfreund. Als die beiden – Linas Tochter und Frankreich – dann im Wartezimmer des Gynäkologenfreundes saßen, kam die kleine Tochter des Arztes herein und unterhielt sich ein bisschen mit den beiden. Woraufhin Frankreich aufgesprungen sein soll, Linas Tochter mitnahm und ich noch mal davongekommen bin. Das waren sicher bewegte Tage für Linas Tochter. Jedenfalls kam sie dann etwas durchwirkt in Bindestrich an, und nun musste man sehen, wie es weitergehen sollte. Bei einer besonders heftigen Auseinandersetzung, wo Bert mal wirklich die Faust auf den Tisch geknallt hat und deklamierte, dass entweder er oder das Kind hier wohnen würde, sagte Lina kurz: Gut, dann das Kind. Das war's dann. Ich zog ein.

Damit Bindestrich nicht gleich aus dem Häuschen war, wurde der Norwegerpullover ziemlich lange getragen. Der Winter war lang, und der Winter war kalt, er zog sich hin bis kurz vor Ostern, und ich bin dann tatsächlich an einem Karfreitag geboren, dem schwärzesten Tag des Jahres, und mir gefiel es auf der Erde von Beginn an. Linas Tochter war da grade mal einundzwanzig Jahre alt. Ein uneheliches Kind in Bindestrich ist schon eine Herausforderung für die Familie, aber damals soll man gesagt haben, ach was, sie läuft einfach mit.

Und so war's dann auch, erst mal lief ich einfach mit. Meine Unehelichkeit machte mir nicht zu schaffen, mir war sie gar nicht offenbar. Das erste Mal damit konfrontiert wurde ich in der Schule, als die Klosterschwester Adelheid zu mir sagte: Jacqueline, du kommst nicht in den Himmel. Ich konnte das kaum glauben. Du kommst nicht in den Himmel, weil du keinen Vater hast. Aber ich habe einen Vater, sagte ich. Mein Vater ist Frankreich. Daraufhin setzte sie mich in die letzte Reihe, wegen Frechheit.

Ich mochte die Schwester Adelheid im Grunde, sie war freundlich und hübscher als alle anderen Klosterschwestern in der Schule. Wenn meine Gedanken abschweiften, stellte ich mir vor, wie sie ihre schwarze Haube abnehmen würde, darunter würde eine weiße Haube erscheinen, die ganz dicht auf ihrem Haar liegt. Ich gehe hinter sie und öffne die Schleifen, die die Haube vom Hinterkopf bis zum Hals zusammenhalten, ich nehme ihr die Haube ab. Ihre kurzen grauschwarzen Haare kommen zum Vorschein, sie sind hier und da etwas verklebt. Ich fahre ihr ein bisschen durch die Haare, mache ihr Luft. Dann öffne ich ihr Kleid. Erst das schwarze, das wie Pech an ihrem Körper klebt, dann das weiße, das ihr im Sommer die Schweißperlen auf die Stirn drückt. Sie hat eine viel zu große Unterhose an. Ihr jungfräulicher Körper scheint im Ganzen etwas vernachlässigt. Neben der Tafel ist ein Waschbecken, der Schwamm ist mit Kreide vollgesogen. Ich wasche den Schwamm aus, fülle ihn voll mit Wasser und dusche Schwester Adelheid mit dem Kreideschwamm. Vom Kopf bis zum Fuß wasche ich ihren Kummer ab. Ich lasse mir Zeit. Dann flüstere ich ihr ins Ohr: Stell dir vor, du kommst in den Himmel.

Die Großmutter maß der Schwester Adelheid nicht so eine große Bedeutung bei, und deswegen lernte auch ich, der Schwester Adelheid nicht so eine große Bedeutung beizumessen. Wobei Schwester Adelheid mich kannte. Einmal habe ich mich ihr offenbart, unwissentlich allerdings. Sie stellte der Klasse eine Aufgabe. Es war eine Prüfung, möchte ich fast sagen. Sie fragte uns nach unserem größten Wunsch. Wir sollten den Wunsch auf ein Blatt Papier schreiben und das Blatt unaufgedeckt vor uns legen. Die Klasse war groß, und es konnte schon sein, dass da gut zweiundvierzig Wünsche zusammenkamen. Die Schwester ging herum, sah jedes Kind an, sah ihm in die Augen und las der Reihe nach jeden Wunsch. Das tat sie stumm. Sie las den Wunsch, und dann legte sie das Blatt wieder vor das Kind. Manchmal lachte sie. Manchmal ignorierte sie das Kind danach, manchmal schien sie das Kind mit den Augen zu loben. Irgendwann landete sie bei meinem Blatt. Sie sah mich lange und prüfend an, bevor sie las, was ich auf das Blatt geschrieben hatte. Sie nahm das Blatt und las.

Steh auf, sagte sie. Ich stand auf. Komm mit, sagte sie. Und ich folgte ihr. Sie ging mit mir durch die Klasse auf den Flur, wir überquerten den Flur und gingen ins Vorzimmer der Schwester Oberin. Sie klopfte leise, wir gingen ins dunkle Zimmer der Schwester Oberin. Die Schwester Oberin saß am Schreibtisch, der von einer Lampe erleuchtet wurde. Schwester Adelheid zeigte der Schwester Oberin meinen Wunsch. Beide lasen nun den Satz, den ich auf das Papier geschrieben hatte. Sie sahen mich an. Warum hast du das aufs Blatt geschrieben? Weil es stimmt, sagte ich. Seit wann weißt du es?, fragte die Schwester Adelheid. Schon immer, sagte ich. Ruf die Mutter an, sagte die Oberin zur Schwester. Und Linas Tochter wurde benachrichtigt und musste in der Schule vorstellig werden. Den Wunsch behielt die Oberin als Beweis bei sich. Ich kann fliegen, stand darauf. Zugegeben kein Wunsch, sondern eine Tatsache. Ein bereits in Erfüllung gegangener Wunsch.

Die Tatsache, dass ich fliegen konnte, war natürlich eine maßlose Provokation für Schwester Adelheid. Meine Großmutter wusste davon. Und Adelheid wusste es im Grunde auch, aber sie fürchtete es. Wie die Hölle. Aus ihrer Sicht war es Teufelswerk, purer Anarchismus, um genau zu sein. Das Jahr bei Schwester Adelheid ging vorüber, es war ein gutes Jahr. Ich möchte mich posthum bei ihr bedanken, dass sie mir prophezeite, dass ich nie in den Himmel kommen werde. Das hat vieles möglich gemacht, auch das Fliegen.

21

Als ich anfing mich zu erinnern und zu erinnern, konnte ich Räume zunächst nur schemenhaft wahrnehmen. Inzwischen kann ich alle Gegenstände des Hauses, in dem ich gemeinsam mit Lina lebte, aufs Genaueste betrachten. Ich entdecke Gerüche wieder, finde verborgene Schubladen und kann Aufschriften lesen. Es ist, als ob ich mit den Füßen in einem See stehe und langsam, ganz langsam Fische an mich heranschwimmen. Zunächst sind es nur kleinste, allerkleinste Erinnerungsfische, die an meine Füße stoßen und irgendetwas daran finden. Sauerstoff vielleicht. Wenn ich ganz still stehe, wagen sich auch größere Fische an mich heran. Silberne Fische, die Vertrauen schöpfen. Wenn ich ihre zarten Berührungen aushalte, kommen noch größere Fische heran, halb so groß wie Forellen mindestens. Sie stupsen mich an und werden schon ein bisschen penetrant. Ich schaue auf die Wasseroberfläche und auch darunter. Manchmal glaube ich weiter hinten und unten ein Wesen zu erspähen. Ein dicker Brocken, der da draußen schlummert oder lauert. Und auf mich wartet. Ich begnüge mich vorerst mit den ersten Fischen, der Brocken kann warten. Ich versuche mal mit einem Fuß eine zarte Bewegung. Aber die kleineren Erinnerungen sind schreckhaft. Kaum bewege ich mich, sind sie schon wieder weg. Stehe ich still, sind sie gleich wieder da. Ich spiele mit ihnen. Stehe still, bewege mich, stehe still. Sie scheinen sich an meinen Rhythmus zu gewöhnen. Besonders nachts kommen die feinen Erinnerungen ganz nah zu mir. Es ist, als ob der Schwarm, der mich umgibt, mir folgt. Gehe ich, folgt er mir nach. Ich bin Teil eines Erinnerungsschwarms geworden. Gehe hierhin, gehe dahin, immer sind die Erinnerungen jetzt dabei. Führe ich den Schwarm, oder führt er mich, das ist jetzt nicht mehr auszumachen. Kürzlich habe ich mich ertappt, ich stand gerade in einem Geschäft, war aber im Grunde mit dem Erinnerungsschwarm unterwegs, sodass die Verkäuferin mich nicht richtig sehen konnte. Es brauchte einige Zeit, bis der Erinnerungsschwarm die Sicht freigab und die Verkäuferin mich sah. Die Realitäten beginnen sich zu überschneiden. Die Fähigkeit, mich frei im Erinnerungsraum zu bewegen, lässt mich inzwischen ungehindert Räume betreten und Schränke öffnen.

Ich sehe mir Linas Tasche an. Sie ist aus Leder. Cremefarben. Ein goldener Verschluss, mit einem Sprung ist sie geöffnet. Linas Geruch entströmt ihr. Ein altes Parfum. Ein Taschentuch, bestickt mit einem Vergissmeinnicht, befindet sich darin. Eine goldene Puderdose mit Spiegel. Viele Haarklammern, solche und solche. Ein paar Münzen. Eine kleine Flasche Melissengeist, fast leer. Ein blauer Kugelschreiber. Ein kleiner Block. Notizen. Zahlen stehen darauf. 42, 32, 7, 13, 21, 36. Dahinter mit etwas Abstand steht die 8. Das scheint alles. Wobei, wenn ich die Tasche schüttle, scheint sie noch etwas zu beschweren. In einer Seitentasche finde ich ein zusammengefaltetes Messer mit Elfenbeingriff. Es könnte ein Brieföffner sein, es könnte auch ein Obstmesser sein. Ich klappe es auf. Es zeigt in Richtung des Schranks. Der Schrank lässt sich mit dem Messer leicht öffnen. Dicht an dicht hängen Linas Kleider. Betrachtet man die Kleider, die sie ihr Leben lang getragen hat – ich habe sie nie in einer Hose gesehen –, fällt auf, dass sie von einem anfänglichen Grau, Schwarz über die Zeit ihres Lebens immer bunter geworden sind. Die Fotos der Zwanzigerjahre zeigen sie in eleganten, schlichten grauschwarzen Kleidern, oft mit einem weißen eingeknöpften Kragen, über die Zeit des Krieges scheint die Mode wie eingefroren, dann in den Fünfzigerjahren gibt es erste Mustervarianten, es mischt sich plötzlich was Kariertes mit hinein. Und plötzlich, Ende der Fünfzigerjahre, ein Bild von Lina aus Brüssel mit einem extravaganten Mantel. Mehr ein Flugkörper als ein Mantel. Der Flugkörpermantel scheint tatsächlich Bewegung in den Kleiderschrank gebracht zu haben, und gleich darauf finden sich ein Rosé, ein Rot, ein Orange darin. Aus den Einteilern werden Zweiteiler. Das Twinset beginnt seinen Siegeszug in Linas Kleiderschrank, und das Twinset gibt es nun in allen Farben, vorzüglich in hellen Tönen, Hellgrau, Hellrosa, Hellblau, Hellgrün, aber auch – und das wird ein echter Klassiker – Tannengrün, Karmesinrot und einmal auch ein Mauve.

Schau dir mal meine Arme an, sagt sie zu mir, keine Falten. Sie streift sich dabei über ihren Arm. Und hier der Hals und auch das Gesicht, faltenlos. Da war sie schon über achtzig, und tatsächlich hatte ihre Haut die Frische behalten, wobei, faltenlos? Du hast eine samtweiche Haut, schon immer gehabt, sage ich zu ihr.

Ich greife ein Kleid heraus. Es ist hellbeige. Am Revers ist eine Brosche befestigt. Ein Stück, das sie sehr mochte. Ich nehme ein zweites Kleid heraus. Dunkle Blumen auf dunklem

Grund. Könnte ein Kleid aus den Sechzigern gewesen sein. Da fing Lina gerade an, Lotto zu spielen. Ich schlüpfe in ihr Kleid und spiegle mich in ihrem Schrank. Nehme die Tasche in die Hand, den Arm leicht angewinkelt, wie sie das immer tat. Ja, es gibt Ähnlichkeiten zwischen uns. Die Ähnlichkeit geht bis tief in die Knochen hinein. Der Knochen ist ähnlich. Das ganze Gestell.

Gleich als das deutsche Fernsehen die erste Ziehung ausstrahlte, war sie im Bann des Spiels. 6 aus 49 hieß das Spiel, sechs richtige aus neunundvierzig Zahlen, das müsste doch zu machen sein. Wünsche gab es genug. Gleich beim ersten Mal wird es nicht klappen, man müsste schon beharrlich sein. Sie konnte dranbleiben, und sie würde dranbleiben. Sechs Richtige, das ist machbar, ganz sicher. Um sechs Richtige zu bekommen, müsste sie jede Woche spielen. Zufallstreffer müsste man ausschließen. Sie war keine Mathematikerin, aber je öfter man spielt, desto höher die Chancen auf einen Gewinn. Es gab schon welche, die ihn hatten. Den Sechser. In der Zeitung las sie von Gewinnern. Die Gewinner waren Menschen, die nicht arm und nicht reich waren, die Geld brauchen konnten. Vor allem jetzt! Menschen auf der Suche nach Geld. Nicht zum Überleben. Solche, die sich den ein oder anderen Wunsch erfüllen wollten. Es war die Zeit der Wünsche.

Man sollte glauben, dass die ständige Arbeit sich lohnen würde, aber obwohl Lina ständig und unentwegt, im Übrigen auch ohne jede freie Zeit, auch an den Wochenenden und Feiertagen arbeitete, mehrere Häuser bewirtschaftete, viele Angestellte hatte, viele Gäste hatte und viel Geld durch ihre Hände lief, blieb nach all den Ausgaben, die das Leben bereithält, genau das über, was man zum Leben brauchte, aber nicht mehr.

Nachdem der Krieg Vergangenheit wurde und auch die Nachkriegsjahre vorüber waren, begann die Wirtschaft zu florieren und die Wünsche zu explodieren. Aber im Grunde passierte das, was uns passiert. Jetzt. Die Preise stiegen in einer Schnelligkeit, der man nur noch hinterherhecheln konnte. So ein Wunder, ein Wirtschaftswunder, ist eine fragile Sache und mit Vorsicht zu genießen. Oft wurden die Menschen, die schon immer wussten, dass sie gewinnen würden, von ihrem Gewinn überrascht. Sie hatten plötzlich keine Wünsche mehr. Am Wunsch erstickt sozusagen. Plötzlich war da Geld. Viel Geld. Sehr viel Geld. So viel Geld, dass der Wunsch unsichtbar wurde.

Ein Gewinnermann erzählt davon, dass er immer seiner inneren Stimme folgen würde, und die innere Stimme sagte ihm die Gewinnerzahlen, die dann tatsächlich kamen, aber er hatte nur über die Zahlen nachgedacht, nicht über die Wünsche. Die Wünsche waren verschwunden und der Gewinn eine Last. Und so ging es vielen. Eine Gewinnerfrau, die einen Zufallstreffer mit Zufallszahlen hatte, eine Frau mit Kind, gewann eine Riesensumme und konnte dann aber nur noch über geringfügige Veränderungen an ihrer Wohnung nachdenken, sie wurde geizig, und die Riesensumme verrottete auf der Bank. Es gab auch die Ruinösen. Die Ruinösen warfen das Geld gleich zum Fenster hinaus, noch bevor sie wieder zur Besinnung kamen, hatten sie das ganze Geldglück schon verschwendet. Und mehr als verschwendet, durch die Verschwendung kam es zur Verschuldung, und durch die Verschuldung zum Ruin. Jedes Spiel hat seinen ganz persönlichen Fallstrick. Jedes Glück hat sein Pech eingeschrieben.

Bemerkenswert, dass gleichzeitig zum deutschen Wirtschaftswunder die Lotterie ihren Siegeszug antritt. Begonnen hatte die Lotterie im Land Mitte der Fünfzigerjahre, ein Mädchen namens Elvira, eine Waise, ausgerechnet, nahm die erste Ziehung vor. Ab Mitte der Sechziger findet Lotto öffentlich im Fernsehen statt. Wenn man heute spielt, betritt man ein ganz eigenes Land: das Lottoland. Da gibt's das Lotto an sich, das deutsche Lotto, die Euromillionen, den Eurojackpot, die Euro Dreams, den Powerball, die Mega Millions, das Cash for life, Swiss Lotto, Weihnachtslotterie, Sommerlotterie, Minilotto, Sonntagslotto, Französisches Lotto, Irisches Lotto, Polnisches Lotto, Brasilianisches Lotto, das Alle 4 Minuten Lotto, Euro Millionen Go, Euro Jackpot Go und Deutsches Lotto Go. All das gab es zu Linas leidenschaftlichen Lottozeiten nicht. Bei ihr gab es ausschließlich 6 aus 49.

Dass der Staat der Profiteur ist, damals wie heute, dass er sich massiv bereichert an den Wünschen derer, die noch was zu wünschen haben, das war Lina nicht bewusst. Ihrem Wissen nach sammelte die Lottogesellschaft all das Geld ein, um es dann umverteilt wieder auszuzahlen. Gewinnen würde nur der, dem das Glück beschieden ist. Fakt ist natürlich das Gegenteil. Der Staat behält die Hälfte des Geldes, Lotto bringt dem Staat so viel wie Schnaps. Allerdings ist auch der Lottostaat bedroht durch die Globalisierung des Lottospiels, das heißt, wie schon erwähnt, wenn Lina damals gewusst hätte, dass das österreichische Lotto viel höhere Gewinnchancen birgt als das deutsche, hätte sie in Österreich gespielt. Oder in Italien, Frankreich oder gleich in Brasilien. Heute streichen andere Staaten den Gewinn ein. Die Frage könnte sein: Ist das deutsche Lotto noch zu retten? Die eindeutige Antwort darauf wäre: Nein, ist es nicht. So oder so. Als Lina in den Sechzigerjahren anfing, Lotto zu spielen, war ihr das ausbeuterische Ausmaß des Spieles nicht gegenwärtig.

Ihre Woche begann damit, dass sie über die neuen Glückszahlen nachdachte und sie zu Papier brachte. Am Freitag gab sie diese Zahlen ab, dann wartete sie auf den Samstagabend. Spätnachts, wenn alle Schlaftouristen in ihren Betten waren, wertete sie ihr Glück aus. Sie zog sich für den Akt der Auswertung in ihr Büro zurück, dann wurde es still im Haus. Je länger sie spielte, desto mehr glaubte sie an ihren ganz großen Gewinn.

22

Einmal im Jahr ließ Lina den Existenzkampf Existenzkampf sein, bestieg den Zug und fuhr weit in den Norden oder weit in den Süden. Weit weg musste es sein. Gemeinsam trieben wir uns im Mittelmeerraum herum, an der Nordsee oder an der Ostsee. Immer von dem Wunsch getrieben, die besten aller Hotels zu finden. Die allerbesten. Und wir fanden sie. Von dort brachten wir unsere Trophäen mit, oder sie wurden uns nachgeschickt. In einem Schweizer Hotel entdeckte Lina die besten Waffelpiqué-Handtücher der Welt, und sie legte sich einen Vorrat an Waffelpiqué-Handtüchern an, der ihre eigene Lebensdauer weit überstieg. Ich besitze so viele Waffelpiqué-Handtücher, dass sogar meine Enkel noch daran ersticken werden, unverwüstlich, wie sie sind. In einem Hotel an der Ostsee entdeckte sie das beste Porzellan, das allerbeste. Und in einem Hotel am Lido entdeckte sie die Portionsbutter. Die Portionsbutter begleitete uns einen ganzen Italienaufenthalt lang. Für meine Großmutter war die Portionsbutter die Erfindung der Sechzigerjahre. In den Siebzigerjahren erfand man die Portionsmilch und die Portionsmarmelade, aber die verursachten nur Müll. Dafür kaufte sie dann später in einem Hotel am Vierwaldstättersee Tischmülleimer, die allerdings bei uns wegen ihrer unbeschreiblichen Hässlichkeit nicht lange durchhielten. Die Portionsbutter hingegen machte Sinn. Lina hatte eine klare Vorstellung von dem besten Frühstück, die drei wichtigsten Zutaten waren ein exzellenter Kaffee, gute Butter und eine Semmel, die knackt. Wenn die Semmel knackt, ist das der Auftakt zu einem gelungenen Tag. Im Grunde kann dann nichts mehr schiefgehen. Gar nichts mehr.

Die beste, aber wirklich die allerbeste Zeit verbrachten wir an einem Ostseestrand in einem Grandhotel. Tatsächlich war das Hotel ein kleines weißes Schloss, direkt am Meer gelegen gegenüber von Dänemark. Dort angekommen bezogen wir ein elegantes Zimmer mit Meeresblick und gleich darauf den besten Strandkorb, der am Strand zu finden war, und dann ließen wir uns sein. Sie ließ mich sein, und ich ließ sie sein. Sie ließ mich gehen, und ich ließ sie in Ruhe. Sie setzte sich in den Korb und begann aufs Meer zu sehen, und ich zog immer größer werdende Kreise um den Strandkorb herum. Eben noch saß ich vor ihr, aber bald trieb es mich zum Landungssteg, hinauf und hinunter. Und dann am Strand entlang immer weiter weg. Bis ich den Strandkorb nur noch erahnen konnte. Sie sorgte sich nicht, ich sorgte mich nicht. Eine Muschel, ein bunter Stein, und wenn ich Glück hatte, ein Seestern zeigten mir den Weg. Und wenn es nicht mehr weiterging, weil der Strand sich in undurchdringliches Watt verwandelte oder an eine Felskante stieß, schlug ich einen neuen Weg ein. Irgendwann, irgendwann trieb es mich wieder langsam zurück, und irgendwann, irgendwann erkannte ich dann auch den Strandkorb wieder, in dem sie saß. Dann ging ich noch mal ausgiebig schwimmen, ließ mich lange in den Wellen treiben, bis ich am späteren Nachmittag halb erfroren wieder vor dem Strandkorb anlandete. Sie schlief. Ich lehnte mich an sie und wurde gewärmt von ihrer Rückenhaut. Durch meine Kälte wurde sie wach. Es gehört alles zusammen, sagte sie. Das Leben ist schön, da kann der Tod nicht schrecklich sein. Dann sahen wir uns noch mal ausgiebig das Meer an und all die Menschen, die es an diesem späten Nachmittag an den Strand trieb, und irgendwann, irgendwann brachen wir auf, schlossen den Strandkorb und gingen langsam, langsam wieder zurück ins Hotel. Und so vergingen die Tage.

23

Wir waren nicht wetterabhängig, Regen war uns mindestens so lieb wie Sonne, einen besonders verregneten Sommer verbrachten wir einmal in der Schweiz. Schon als wir am Bahnhof ankamen, regnete es in Strömen. Kein Taxi weit und breit. Allerdings stand auf der gegenüberliegenden Straßenseite, vom Dauerregen unbeeindruckt, eine Kutsche. Die Pferde trugen Regenmäntel, der Kutscher hatte seinen Hut tief ins Gesicht gezogen. Ob er uns ins Hotel fahren könne, rief meine Großmutter über die Straße. Der Kutscher wendete wortlos sein Gefährt und ließ uns einsteigen. Die Kutsche war schwarz, pechschwarz, außen wie innen. Der Kutscher brachte uns ins Hotel, er fuhr langsam, vermutlich wegen des starken Regens. Beim Hotel angekommen, mehr ein Palast als ein Hotel, stieg er vom Bock, öffnete die Tür. Erst jetzt sah ich in sein Gesicht. Es war ein riesiges, offenes Gesicht. Es war fast so groß wie die Gesichter seiner Pferde. Und es lachte, als es die Großmutter sah. Der Kutscher trug uns die Koffer nach, er verabschiedete sich und versprach, in den nächsten Tagen wieder vorbeizukommen.

Wir hatten den Kutscher am kommenden Morgen schon wieder ganz vergessen, aber er stand schon angeschirrt vor der

Hoteltür und wartete darauf, mit uns die Gegend zu erkunden. Es stellte sich heraus, dass das Kutschieren nur so eine Art Nebenbeschäftigung und er in Wahrheit ein Unternehmer war, der das Kutschieren liebte. Ein echter Schweizer halt. Meine Großmutter fand an dem großgesichtigen schweizerischen Unternehmerkutscher Gefallen. Und so befuhren wir mit der Kutsche die Schweiz, gefühlt die ganze Schweiz. Er brachte auch mir das Kutschieren bei, so konnte der Kutscher hinten bei der Großmutter Platz nehmen und sie umschwirren wie die Fliegen die Pferde. Er hatte es auf sie abgesehen, das war klar.

Magst du den Unternehmerkutscher, fragte ich sie abends im Hotel. Der Unternehmerkutscher musste ungefähr im gleichen Alter wie die Großmutter gewesen sein. Er war wie aus der Zeit gefallen, etwas Anrührendes ging von ihm aus, etwas Mögliches und etwas Unmögliches zugleich. Deswegen konnte die Großmutter meine Frage nicht beantworten. Mochte sie ihn? Sie mochte, wie er sie umschwirrte wie die Fliegen die Pferde. Am nächsten Morgen stand natürlich wieder der Kutscher vor dem Palasthotel, und meine Großmutter machte sich bereit. Ich würde heute lieber im Hotel bleiben, kündigte ich an. Und meine Bitte wurde akzeptiert, die Großmutter ließ sich allein herumkutschieren.

Ich trieb mich den Tag über in dem Hotel herum. Fuhr ziemlich oft mit dem Lift auf und ab, wegen des Liftboys, der meinen Namen wie eine Schweizer Schokolade aussprach. Bespielte den Mann an der Rezeption, analysierte mit ihm den Wetterbericht, Regen, Regen, Regen, schaute im leeren Speisesaal vorbei, saß allein an der Bar, ging ins Hallenbad, das von heißen Thermen gespeist wurde, dämmerte vor einer

Quelle stundenlang vor mich hin, zog mich für einen kurzen Schlaf ins Zimmer zurück und strandete dann bei einer älteren Dame in der Hotellobby, die brachte mir bei, Patiencen zu legen, und schließlich sagte sie mir das Schicksal voraus. Wir legten auch eine Patience für Lina, die gerade irgendwo in den Schweizer Bergen herumkutschiert wurde. Und so gingen die Tage dahin, mal fuhr ich mit in der Kutsche, mal nicht. Jedenfalls wurde tagein, tagaus kutschiert. Und die Großmutter wurde tagein, tagaus umschwirrt. Am vorletzten Tag wollte es der Unternehmerkutscher wissen und fuhr mit einer kleinen weißen Kutsche mit vier Pferden vor. Ich sah die Großmutter an. Sie wurde bleich. Plötzlich war etwas in ihr zum Halt gekommen.

Am Tag der Abreise regnete es wieder in Strömen. Der Unternehmerkutscher kam mit der pechschwarzen Kutsche und brachte uns zum Bahnhof. Regen lief über sein Gesicht. Oder waren es Tränen? Er sagte der Großmutter noch einmal, wie sehr ihm das Kutschieren mit ihr gefallen habe, die Großmutter lächelte ihn ein letztes Mal an, wir stiegen in den Zug, und weg waren wir.

24

Die Frage, die sich mir schon stellte, war, ob sich etwas in Lina endgültig verschlossen hatte. Hatte die Sache mit dem Zufallsgast etwas in ihr zum Stillstand gebracht? War etwas in ihr unwiderruflich beendet? Ständig war sie umgeben von Schlaftouristen, durchreisenden Amerikanern und anderen Vorüberziehenden. War da nicht mal einer dabei, der ihr unter die Haut ging?

Eines Sommers kam ein Gast mit einer großen Familie bei uns an, es war ein Schwarm. Ein Schwarm, der sich vollständig selbst genügte. Der Schwarm kam aus dem Norden, und es zog ihn einmal im Jahr in den Süden. Der Schwarm war ununterbrochen mit sich selbst im Gespräch. Der Schwarm ging gemeinsam hierhin und gemeinsam dorthin, immer an dieselben Plätze, die ihm schon lange lieb waren. Der Schwarm lebte immer in derselben Jahreszeit in denselben Zimmern und mit den immer gleichen Ausblicken. Und dort saßen die Schwärmer abends und schwärmten vor sich hin. Der Chef des Schwarms begann eines Abends mit Lina zu schwärmen und erzählte ihr alles über den Schwarm. Der Schwarm hatte ein erstaunliches Innenleben. Es war ein Bauernschwarm, und er lebte hoch oben im Norden, auf einem Bauernhof, den er bewirtschaftete. Natürlich nicht auf die übliche Weise, der Schwarm hatte ein ganz eigenes Leben auf dem Lande entwickelt, und ganz eigene Anbautechniken. Eine der Errungenschaften des Schwarms war zum Beispiel der Anbau von Knollen, also Kartoffeln mit Quark, also Topfen. Der Schwärmer glaubte fest daran, ja, er konnte am Geschmack der Knolle beweisen, dass der Anbau von Knollen mit Quark, also Topfen, den Geschmack der Kartoffel derart verfeinert, dass die gemeine Kartoffelknolle, die ja eigentlich nur als Futter für die Schweine tauge, zur Delikatesse werde, wenn sie beim Anbau mit Quark, also Topfen, angereichert werde. Lina konnte das kaum glauben.

Wie darf ich mir das vorstellen?, fragte sie den Schwärmer. Sie kaufen Topfen, also Quark, in großen Mengen und arbeiten ihn mit den Erdäpfeln, also den Kartoffeln, in die Erde ein? Der Schwärmer bejahte das und fühlte sich zutiefst verstanden von Lina. Im Glück mit Lina sozusagen. Wie aus dem nichts erzählte der Schwärmer nun von seiner Technik, große Gewinne beim Lotto zu erzielen, und jetzt wurde Lina tatsächlich hellhörig. Der Schwärmer hatte ein System entwickelt, das die Gewinnchancen erhöht und das Glück in greifbare, aber wirklich greifbare Nähe bringt.

Wie darf ich mir das vorstellen?, fragte sie den Schwärmer. Nun ganz einfach, sagte der Schwärmer, Sie müssen einfach alle Kombinationsmöglichkeiten abbilden, die neunundvierzig Zahlen bieten. Lina war beeindruckt. Man erhöht durch die Kombination von mehreren gleichen oder fast gleichen Zahlenreihen die Chancen auf einen Gewinn. Alles ist möglich. Wenn Sie mit dem Sechser liebäugeln, sagte der Schwärmer, müssen alle gewählten Zahlen abgebildet werden. Weil jedoch beim Lotto alles möglich ist, bekommen Sie bei unserem System nicht nur einen Dreier, sondern gleich dreißig Dreier.

Wie darf ich mir das vorstellen?, fragte sie nun zum dritten und letzten Mal. Und der Schwärmer sprang auf, zog die Großmutter – jetzt durch ihr Interesse euphorisch angetrieben – mit sich zu seinem Schwarm. Der Schwarm saß da, und erst jetzt sah Lina, was der Schwärmer unter Den-Gewinn-in-greifbare-Nähe-Bringen verstand. Der Schwarm füllte unter permanentem Geschnatter Lottozettel über Lottozettel aus, und das war auch in Linas Augen eine bahnbrechende Anbautechnik für Zahlen. Der Schwarm nahm Lina in sein System auf, und Lina spielte fortan mit System. Glücklicherweise nicht ausschließlich. Sie schwärmte also hauptsächlich mit dem Schwärmer, aber für den Hausgebrauch spielte sie noch nebenbei analoges 6 aus 49.

Im Grunde hätte sie das alles nicht gebraucht, nicht das Lotto, nicht das Systemlotto. Sie war inzwischen eine höchst erfolgreiche Unternehmerin. Sie bewirtschaftete mehrere Häuser, viele Menschen gingen bei ihr ein und aus. Sie gönnte sich schon einen gewissen Lebensstil, aber sie war sich bewusst, dass alles mir nichts, dir nichts wieder in sich zusammenfallen kann. Und durch dieses Wissen angetrieben hat sie sich in gewisser Hinsicht gemacht.

25

Mit elf Jahren wurde mir bewusst, dass ich mich aus Bindestrich entfernen muss, mit zwölf kam ich ins Internat. Von Beginn an war ich ein bewegungsfreudiges Kind. Ich hatte einen gewissen Bewegungsdrang in mir. Es gibt niemanden in meiner Familie, dem es ähnlich erging. Es wurde vermutet, das hätte vielleicht etwas mit Frankreich zu tun. Man war sich nicht sicher. Mein Bewegungsdrang äußerte sich in der Art, dass ich vor dem Fernseher zu tanzen begann, hingebungsvoll. Ein großer, hemmungsloser Fernsehtanz. Der Fernseher wurde eingeschaltet, und für mich gab es kein Halten mehr. Ich vertanzte die Werbung, ich durchtanzte die Nachrichten, beim Abendprogramm war ich nicht mehr zu halten. Raumfüllend. Keiner konnte mehr in Ruhe fernsehen, es musste was geschehen.

Ich war gerade drei Jahre alt, da ging Lina mit mir an der Hand in eine alte Villa, die einer noch älteren Ballettmeisterin und deren Tochter gehörte. Die alte Ballettmeisterin saß am Klavier und spielte, während die junge Ballettmeisterin mit meinem Bewegungsdrang spielte. Ich liebte die beiden Ballettmeisterinnen, die alte wie die junge. Beide hatten in Bindestrich nichts zu suchen, sie waren Außerirdische. Und ich fühlte mich wohl bei ihnen, von der ersten Sekunde an, wie nirgends sonst in Bindestrich.

Ich konnte die Ballettstunden kaum erwarten, und anstatt einmal die Woche zu einer gewissen Stunde an einem gewissen Tag dorthin zu gehen, ging ich bei jeder Gelegenheit, die sich bot. Ich tanzte mit den Kleinen, ich tanzte mit den Großen, und wenn es einmal nichts zu tun gab, tanzte ich mit mir alleine. Ich mochte auch das Zusehen. Anderen beim Tanzen zusehen ist einfach das Beste, das Allerbeste. Nur selbst tanzen ist besser. Die weiße Villa war meine Rettung. Der Rest der Familie trieb Sport. Ich ging zum Tanzen. Sport habe ich nie verstanden. Es ist nicht so, dass ich es nicht probiert hätte mit dem Sport. Bindestrich ist ein Ort des Sports, da lernt man erst mal Sport. Aber selbst Skifahren war mir suspekt. Skifahren endete wie jeder Sport letztlich auch in einem Wettkampf. Und wenn ich etwas hasse, dann ist es ein Wettkampf. In Bindestrich ist der Wettkampf alles. Zweimal habe ich im Alter von sechs und acht Jahren an einem Wettkampf teilgenommen, es endete beide Male in einem totalen Desaster. Beim ersten Wettkampf habe ich ein Tor übersehen. Eine wild gewordene Torhüterin sprang hinter einer Schneewehe hervor und brüllte mich an, dass ich sofort wieder aufstehen müsse, um das Tor noch einmal zu umfahren, sonst könne sie die Zeit nicht zählen. Beim zweiten Wettkampf bin ich gleich am Ziel vorbeigefahren. Und dann brüllten alle gleichzeitig, dass ich noch einmal zurückfahren müsse, sonst würde die Zeit nicht zählen. Dieses Gebrüll der aufgebrachten Sportler war wie eine monströse Fratze. Ich werde keine Sportlerin sein, komme, was wolle. Und während die anderen um die Wette kämpften, ging ich tanzen.

Ich war gerade zehn Jahre alt, da kamen welche aus der Staatsoper nach Bindestrich auf der Suche nach neuen Talenten. Die alte Ballettmeisterin lächelte mich an, und ich tanzte den unbekannten Meistern meinen Tanz vor. Am Abend rief jemand aus der Staatsoper in der Amalie an. Linas Tochter hob den Hörer ab, und der Jemand schlug ihr am anderen Ende vor, dass ich ab jetzt die Ballettschule der Staatsoper besuchen könne. Linas Tochter lehnte das ab. Das sei nicht die Zukunft, die sich Linas Tochter für ihre Tochter wünscht, sagte sie. Es kam zur Auseinandersetzung zwischen Lina und Linas Tochter, und wenn ich etwas auf den Tod nicht ausstehen konnte, dann waren es die Auseinandersetzungen der beiden. Linas Tochter hatte offenbar eine klare Vorstellung von meiner Zukunft. Das war das Problem. Lina warf alles ein, was man nur hineinwerfen kann. Sie sagte, du siehst doch, was los ist. Sie ist eben einfach anders. Aber Linas Tochter wollte das nicht sehen. Ganz und gar nicht. Dieses ganze Gerede vom Anderssein. Die Entscheidung war gefallen, das Kind werde nicht dorthin gehen und auch nie wieder zu den beiden Ballettmeisterinnen in die weiße Villa.

Das war unbegreiflich. Auf mein Flehen hin rief Lina bei den beiden Ballettmeisterinnen an. Heimlich. Sie berichtete, was vorgefallen war, und bat, mir weiterhin den Besuch in der alten Villa zu ermöglichen. Und das taten sie. Heimlich. Hinter dem Rücken von Linas Tochter. Es war eine Intrige. Die erste meines Lebens. Niemand durfte wissen, dass ich weiter in die Villa ging und meiner Tanzwut freien Lauf ließ. Denn tatsächlich verwandelte sich das Tanzen nun in eine Wut. In eine hemmungslose Wut. Wenn ich zu Hause loszog, verabschiedete ich mich mit Ausreden und Lügen. Ich wurde raffiniert. Das ging so ein gutes halbes Jahr. Und dann, durch Zufall, sah mich Linas Tochter eines Nachmittags im Vorüberfahren aus der alten Villa nach Hause gehen. Ich sah nicht, dass sie mich sah. Als ich zu Hause ankam, war die Hölle los. Hölle ist noch untertrieben. Es war ein Inferno. Linas Tochter brüllte eine Stunde am Stück. Sogar die Gäste hielten sich die Ohren zu. Und danach war klar: Ich wurde zum Keil zwischen Lina und Linas Tochter, ich musste weg aus der Amalie, ich musste weg aus Bindestrich.

Das ging damit einher, Lina zu verlassen und den Rücken zu verlassen, der mir diese grenzenlose Sicherheit bot. Hinter ihrem Rücken war man vor allen Unwägbarkeiten des Lebens sicher. Nichts, aber auch gar nichts konnte einem hier passieren. Aber in gewisser Hinsicht war ich mit meinen zwölf Jahren so weit. Ich kam ins Internat.

Ab da war es ein Immer weiter Wegbewegen von ihr. Erst waren es nur die Fahrten ins Internat. Nach dem Internat waren es erste Reisen, die mich weiter und noch weiter wegführten, dann die Studienjahre hier und da, immer größer wurden die Kreise, immer weiter führten sie weg. Dann die ersten Engagements, die mich lange an dem einen oder anderen Ort hielten. Immer seltener und seltener kam ich nach Hause. Erst am Ende von Linas Leben zogen sich die Kreise wieder zusammen.

Wie wird das sein, ohne dich?, fragte ich sie. Du bist nicht ohne mich. Und wie wird es für dich sein, wenn ich wegfahre? Ich gehe hinauf in mein Zimmer, warte ein bisschen, bis das Schlimmste vorüber ist. Dann passiert irgendetwas, die Ankunft eines Gastes, und ich tue das, was ich immer tue. Dein Bett ist viel zu groß für dich allein. Stimmt, sagte sie, ich halte dir einen Platz frei.

26

An jedem ersten Donnerstag telefonierten wir. Sie von ihrem Büro aus, ich aus der ranzigen Telefonzelle im Internat. Sie erzählte mir von den Vorkommnissen in der Amalie, und ich erzählte ihr vom Internat. Ein Internat ist im Prinzip nichts anderes als ein Hotel, sagte ich. Allerdings sind nicht alle Gäste hier gleichermaßen glücklich. Viele Kinder hier sind weder zu Hause glücklich noch im Internat. Einige fühlen sich im Internat wohler als zu Hause. Sie genießen die Freiheit, sie wurden zu Hause zu stark kontrolliert, wie sie sagen, und können hier besser ihren Dingen nachgehen. Manche haben keinen Ort, den sie ihr Zuhause nennen würden. Einige würden gern abhauen, wissen aber nicht, wohin. Manche Kinder fühlen sich von zu Hause verstoßen. Ein Junge hat schon drei Fluchtversuche gemacht, das letzte Mal ist er am Bahnhof erwischt und wieder ins Internat zurückgebracht worden. Er wirkt sehr niedergeschlagen.

Da ich zu keiner dieser Kategorien gehöre, fällt es mir sehr leicht, hier zu überleben. Ich finde es sogar angenehm, unter Kindern zu leben, die ebenfalls alle nicht in den Himmel kommen. Sie lachte.

Etwas an der Großmutter war immer auch Kind. Ein altes Kind. Alt geworden, ohne es zu merken. Etwas in ihr ist einfach stehen geblieben, aber auch weich geblieben. Verhärtungen, die mit dem Alter für gewöhnlich einhergehen, hat sie vermieden oder übersprungen, keine Ahnung, wie sie das vollbracht hat. Immer war sie gleich alt. Das Gespräch mit ihr war deshalb immer leicht. Von steter Leichtigkeit getragen. Und diese Leichtigkeit war ansteckend. Wenn wir Abwesenheit zu ertragen hatten, spielten wir das Abwesenheitsspiel. Verloren hat der, der es nicht aushält. Und das Leben aushalten ist das Spiel, Abwesenheit aushalten, das konnte die Großmutter. Das hatte sie in langen Jahren gelernt. Spiel das Abwesenheitsspiel. Los! Da konnte sie dann auch mal eine Härte an den Tag legen, die unbegreiflich war. Man muss auch kalt sein können, sagte sie eines Tages zu mir. Man muss auch kalt sein können. Sie, die mich ein Leben lang mit Wärme umfing, gab mir den Rat, die Kälte in mir zu erfinden.

Die größte Enttäuschung ist gewiss die Gewissheit, dass wir alle sterben. Unsere Liebsten sterben. Den Tod der Großmutter stellte ich mir deshalb sehr früh und immer wieder vor. Als wollte ich lernen, mich an den Gedanken zu gewöhnen. Mein tägliches Todestraining. Vielleicht war es auch das Abwesenheitsspiel, das diesen Gedanken an ihren Tod erstmals in mir laut werden ließ. Jedenfalls fing sie damals langsam an, eine ältere Frau zu werden, und ich hörte langsam auf, ein Kind zu sein.

Das Ende der Kindheit traf mich mit ungeheurer Wucht. Mit einem Schlag wurde ich stumm. Äußerlich gesehen. Innerlich schloss sich mir eine völlig neue und unbekannte Welt auf. Ich begann zu lesen. Bei den nächsten Telefonaten berichtete ich Lina davon. Wenn ich im ersten Jahr meines Internatsaufenthalts noch bei offener Zellentür telefonierte, verbarrikadierte ich mich jetzt. Ich schloss die Tür und stemmte mich dagegen. Wenn ich früher laut sprach, sprach ich jetzt leise.

Kennst du Madame Bovary?, fragte ich Lina. Nein, sagte Lina. Es geht um eine Frau. Sie heißt Emma. Und Emma sucht das Glück. In jedem einzelnen Kapitel dieses Buches. Der Autor heißt Flaubert. Gustave Flaubert. Und dieser Flaubert lässt Emma in jedem einzelnen Kapitel das Glück suchen, finden und dann daran zerbrechen. Ein Glückskreislauf sozusagen. Am Ende bringt sich Emma um. Lina blieb stumm. Ich habe das Buch der Glückssucherin Emma in der Bibliothek des Internats gefunden. Die Bibliothek ist ein hoher hölzerner Raum, etwas zwischen Kirche und Schiff. Gefüllt mit den besten Büchern, den allerbesten, die du dir vorstellen kannst. Übrigens stehen da auch jede Menge Bücher von Thomas Mann. Und auch die seines älteren Bruders Heinrich Mann. Und wenn du mich fragst, auf der Veranda der Amalie trank nicht Thomas Mann seinen Tee, der war nie in Bindestrich. Auf der Terrasse in Bindestrich trank Heinrich Mann Tee. Heinrich Mann war der einzige Mann, der je in Bindestrich gesichtet wurde. Und all das lernst du in dem Internat?, fragte Lina nun etwas befremdet. Ich sehe mich hier nur um, sagte ich.

Achtmal unterm Jahr durfte man vom Internat nach Hause fahren, die Ferien ausgenommen. Bei meinen Besuchen in der Amalie erzählte ich Lina von meinen neuesten Errungenschaften und brachte Bücher mit, aus denen ich ihr nachts vorlas. Dann, wenn das Tagesgeschäft schon lange vorüber war und alle Schlaftouristen in ihren Betten lagen, holte ich die Bücher raus, die ich aus dem Internat mitbrachte. Besonders gern mochte Lina die Erzählungen von Charles Dickens. Dickens ist einfach genial, und wenn es eine Lieblingsgeschichte gibt, dann The Chimes, was so viel heißt wie das Glockenspiel. Es geht da um einen Mann namens Trotty. Und dieser Trotty ist ein Dienstmann. Trotty steht Tag und Nacht bereit, um den ein oder anderen Auftrag zu bekommen, einen Botengang, den er für jemanden erledigen könnte. Er ist allzeit bereit, chronisch unterbeschäftigt, schlecht bezahlt, und Trotty glaubt nun tatsächlich daran, dass seine Armut das Ergebnis seiner eigenen Unwürdigkeit ist. Lina fand Trottys Gedanken allerdings fragwürdig.

27

Es muss an einem dieser acht Wochenenden im Jahr gewesen sein, denn ich war anwesend, als es passierte. Und es muss an einem Samstag gewesen sein, denn nur an einem Samstag werden die Lottozahlen gezogen, und es muss schon spät am Abend gewesen sein, denn spät am Abend wertete Lina ihre Zahlen aus. Da wurde es plötzlich auf eine merkwürdige Weise still in der Amalie.

Ich saß gerade auf dem Drehstuhl vor dem Klavier und las Dickens, was sonst. Es muss Dickens gewesen sein. Es gibt da diese Stelle in The Chimes, in der Trotty, der Dienstmann, von den Glocken hinauf in den Kirchenstuhl gerufen wird. Grade saß er noch in seinem Sessel, hatte grade noch gewusst, dass alle Welt schlecht ist, zutiefst schlecht. Da riefen die Glocken ihn hinauf, hinauf, hinauf, und Trotty schleppte sich hinauf, hinauf, und oben, ganz oben im Kirchenstuhl bricht er zusammen, und die Glocken werden lebendig.

Die Stille nebenan war inzwischen ziemlich laut.

Die Glocken führen Trotty sein eigenes Leben vor Augen und seinen Tod und auch, was danach passiert. Die Glocken zeigen Trotty schonungslos, wie alles den Bach runtergeht. Nicht nur sein Leben, auch das seiner Liebsten geht den Bach runter. Einfach alles geht den Bach runter.

In diesem Moment hörte ich aus dem Büro so etwas wie einen kleinen Schrei. Es war kein ausgesprochener Schrei, es war ein unabsichtlich entfahrener Schrei.

Die Geschichte von Trotty, bei dem gerade alles den Bach heruntergeht, war derart fesselnd, dass ich nicht gleich reagierte. Ich wollte dabei sein, wie alles den Bach runterging. Aber die Stille nach dem Schrei im Nebenzimmer war derart unbeugsam, dass ich mich von Trotty, bei dem gerade so was von alles den Bach herunterging, losriss.

Und nun sah ich Lina vor mir stehen. Noch nie hatte ich sie derart aufgewühlt gesehen. Sie sah mich an, drehte sich aber gleich wieder um und ging zurück ins Büro.

Okay, dachte ich, lese ich eben weiter. Lese also, wie Trotty durch die Glocken geläutert wird, alles war nichts als ein schlechter Traum, der ihm den Blick aufs eigene Leben bescherte. Im Grunde hatte er nur ein paar Kutteln gegessen, die lagen ihn im Magen, und das hat ihm schlechte Träume beschert. Er erwacht und ist vor Freude außer sich darüber, dass er noch lebt, darüber, dass alles eben nicht den Bach runtergegangen ist, und – man traut es sich kaum zu sagen, und so einen Gedanken muss man auch wirklich mit der größten, also wirklich der allergrößten Vorsicht aussprechen: Es wird alles gut.

Wieder stand Lina vor mir, diesmal rot wie ein gekochter Hummer. Ich trau es mich kaum zu sagen, sagte sie, und so einen Gedanken muss man auch wirklich mit der größten, also wirklich allergrößten Vorsicht aussprechen, aber ich habe einen Sechser im Lotto. Sicher?, fragte ich. Ganz sicher, sagte sie.

Für das Ende der Geschichte von Charles Dickens interessierte sich an diesem Abend in der Amalie wirklich niemand mehr.

28

Warum sich das Glück ausgerechnet immer wieder meine Großmutter aussuchte, sie immer wieder umschwirrte wie die Motten das Licht? Es mag merkwürdig klingen, aber es ging Lina weniger um die Höhe des Gewinns, es ging ihr darum, dass sich das Glück tatsächlich einstellte. Und damit war bereits alles gewonnen. Wegen ihres Gewinns wurde sie beneidet, aber wegen ihres Glücks wurde sie bewundert. Und das wog mehr. Glück braucht keine Sieger. Glück fliegt zu, wer weiß, warum.

In gewisser Weise war Lina dem Glück gegenüber absichtslos. Sie kokettierte mit dem Glück, ohne es herbeizuzwingen. Sie hatte einen Flirt mit dem Glück. Da sie sonst mit niemandem flirtete, verliebte sich das Glück in sie und blieb ihr treu. Sie hatte nichts Zwanghaftes in ihrem Wesen, sie mochte das Zufällige, das Überraschende, das Unverfügbare. Und das Wesen des Glücks ist unverfügbar. Überhaupt suchte Lina Situationen auf, die sie in die Welt der Unverfügbarkeit entführten, lebenslustig, wie sie war. Man begibt sich auf eine Reise und lässt die Dinge auf sich zukommen, was als Nächstes passiert, wird man schon sehen. Offen war sie für das Glück. Das Glück tat sich nicht schwer, sie zu erreichen. Sie stellte sich nicht die

Frage, ob sie morgen Glück haben würde oder nicht, sie hatte es einfach. Sie machte kein großes Ding draus. Sie hatte Glück. So einfach war es. Wenn ich heute in Bindestrich jemanden nach ihr frage, heißt es, ach die Lina, die hatte einfach Glück.

In meinem Leben war Lina sicherlich mein persönlicher Sechser im Lotto. Vor allem, weil sie etwas Liebevolles, etwas Konstantes und zugleich etwas Irrlichterndes hatte. Das Irrlichternde war kostbar, weil sie dadurch einen Raum zur Verfügung hatte, den andere in sich schon verschlossen hatten. Sie hatte den Blick für das Andere. Das Ufo war nur eine dieser Geschichten. Das Ufo war keine Täuschung. Es war da, wenn auch nur in einer Nacht und nur für sie. Ich vermute, es war genauso, wie sie sich ein Ufo immer schon vorgestellt hatte. Alter Schmuck und so.

Für alten Schmuck hatte Lina tatsächlich eine Schwäche. Schmuck soll getragen werden, sagte sie. Und tatsächlich trug sie ihren Schmuck. Sie trug Perlen, sie trug Ringe. Nicht vieles, aber Ausgesuchtes. Wenn es mal nicht getragen wurde, lag es wieder eine Zeit lang in der dunklen Kommode, in der ich das Foto des Zufallsgastes fand. Perlen, könnt ihr warten? Ja, sagten die Perlen, wir können warten. Und die Perlen warteten in der dunklen Kommode. Ich erinnere mich nicht daran, dass Lina je die Möbel in ihrem Zimmer tauschte, es war die immer gleiche Kommode, die ihre Wäsche und die paar Geheimnisse barg. Es war immer dasselbe Bett, das sie so lange mit mir teilte und das jetzt meine Schlaftouristen wiegt. Es war immer derselbe Schrank, der ihre Kleidung in sich trug. Sie war nicht mal auf der Suche nach etwas Neuem, es war das Alte, das Vertraute, das ihr Kraft gab. Nie warf sie Kleidung weg, selbst wenn das Stück inzwischen zu klein, zu eng, zu fleckig war. Es kam nicht weg. Mal wurde es gebraucht, deswegen blieb es da. Deshalb bog sich der Schrank. Deshalb ging er weder auf noch zu. Deshalb quoll die Kommode über, deshalb warteten die Perlen auf ihren Tag.

Wenn es was zu feiern gab, zog sich Lina kurz in ihr Zimmer zurück und gab sich einen Glanz. Sie konnte glänzen. Sie wollte glänzen. Da war etwas in ihr, das hatte Lust auf Glanz. Lebenslang trug sie das Korsett, das ihren Körper nur nachts zum Schlafen verließ, um gleich am Morgen wieder ihren Körper zu besteigen. Ein zweiter Körper fast, wie man ihn heute nicht mehr trägt. In der Nacht lag er schlaff über dem Hocker, und am Tag wurde er unter Mühen in Position gezogen, bis alles richtig saß. Hilf mir mal, sagte sie. Und dann zerrten wir das Ding nach oben, bis alles richtig saß. Brauchst du das, fragte ich sie, brauchst du das wirklich? Du hast doch einen schönen Körper. Ich brauche das, sagte sie dann. Darüber streifte sie an solchen Tagen ein Pink, ein Mauve oder ein Brombeer. Und die silberne Brosche mit den Diamanten. Das Stück war Liebe auf den ersten Blick. Kann sein, dass sie es mal bei dem alten Juwelier entdeckte, kann sein, dass sie das Stück schon lange hatte und es erst jetzt zutage trat, da es gebraucht wurde. Jedenfalls war es unter allen Dingen, die sie besaß, das Wertvollste. Da wurde nicht der Spange vertraut, der Nadel, die es lose am Kleidungsstück zusammenhalten sollte. Die Brosche wurde angenäht. Maria kam und heftete die Brosche mit ein paar Stichen fest am Revers . Jetzt war der Glanz schon fast komplett. Jetzt fehlte nur noch: Duft. Und Duft benutzte Lina wie Wasser. Sie lachte, wenn sie sich damit übergoss, und lachte immer noch, wenn sie sich präsentierte, ein Lachen wie ein Glücksregen, der über einen fiel. Und dann gab es kein

Halten mehr. In solchen Nächten ließ sie das Leben glänzen. Und alle mussten mit. In solchen Nächten feierte sie das Leben und manchmal auch sich selbst. Morgen, morgen würde wieder gekämpft, den ganz normalen Tageskampf gekämpft, für diese eine Nacht ging es ihr nur um Glanz.

29

Wenn ich Marias Tasche betrachte, fällt mir auf: Die Tasche ist viel größer als Linas. Groß ist die Tasche, und schwarz. Größer als eine gewöhnliche Handtasche. Keine Schnalle öffnet sie, es ist ein Reißverschluss, mit dem man sie der Länge nach aufzieht. Schwer ist sie außerdem. Marias Tasche birgt eine Kassette, eine Geldkassette, die sie jeden Tag mit sich herumschleppt. Morgens trägt sie die Kassette in ihr Geschäft, abends wird die Kasse auf dem schwarzen Glastisch im einzig privaten Zimmer der Amalie ausgekippt. Dann wird gezählt. Das eine Geld bleibt in der Kasse, und das andere Geld kommt in den schwarzen Lederbeutel, der kommt demnächst zur Bank. Unten am Boden der Tasche befindet sich ein Rechnungsbuch, indem die Ein- und Ausgänge verzeichnet werden. Auch eine längliche Börse greife ich. Die Börse ist aus Krokodil. Ein Krokodil mit silbernem Verschluss. So leicht lässt sich das Krokodil nicht öffnen, wird aber in der großen Tasche schnell gefunden. Vorne bei den Münzen finde ich ein paar deutsche Mark. Ein Druckknopf trennt die Münzen von den Papieren dahinter. Im Seitenfach ein Führerschein. Nach Berts Tod stand der Käfer verwaist in der vorderen Zufahrt der Amalie. Was sollte nun geschehen? Längst sprengte Marias

Manufaktur den Raum, der in der Amalie für die kleine Werkstatt zur Verfügung stand. Nachdem die hauseigenen Decken gemacht waren, gab es Schlaftouristen, die auf den Schlaf in ihrer Decke nicht mehr verzichten konnten oder wollten. Mehr Decken mussten her. Mehr.

Im Partenkirchner Teil von Bindestrich wurden Lina und Maria fündig und fanden einen kleinen, dunklen Laden mit anschließendem Kontor. Damit die Ware auch geliefert werden konnte, lernte Maria fahren. Den Käfer in der vorderen Einfahrt überließ sie bald Linas Tochter und fuhr selbst einen Lieferwagen, den Variant. Im Seitenfach der Börse finde ich noch ein paar Fotos. Von Bert in Uniform und ohne. Und von den Kindern, Marias Sohn und Tochter. Marias Tochter trägt auf dem Bild ein Faschingskostüm. Sie ist als Käfer verkleidet, als Glückskäfer. Maria hat das Kostüm selbst entworfen und genäht. Immer hat sie die Kinder mit dabei, in ihrer Börse. Ganz hinten in der Börse finde ich noch einen alten, vergilbten Zettel. Sterbeversicherung steht darauf. Was ist eine Sterbeversicherung?, fragte ich sie.

Einmal kam eine Dame in den Laden, sagte sie. Es war eine hauchdünne Dame. Normalerweise kommt sie und verkauft ein Pfund Kaffee. Eine Art Kaffeevertreterin?, fragte ich. Ja, in der Art, sagte sie. Ich kaufte ihr immer mal ein Pfund ab, sagte Maria. Dann sah ich sie eine gute Zeit lang nicht mehr. Aber eines Tages kam sie wieder. Da war sie noch dünner als hauchdünn, und an dem Tag bot sie mir eine Sterbeversicherung an. Man zahlt pro Monat nur eine Mark, sagte die hauchdünne Dame. Aber wenn man lebenslang nur eine Mark pro Monat in die Versicherung zahlt, übernimmt die Versicherung im Todesfall die Kosten der Beerdigung. Maria sah mich an.

Die Kinder werden nicht belastet durch die Kosten der Beerdigung. Wo sie ja schon durch die Trauer belastet sind. Das war Maria. Durch und durch. Sie sorgte noch dafür, dass auch ihre Überreste umsonst verscharrt wurden und niemanden belasten.

30

Der Laden in Partenkirchen hatte in seiner Länglichkeit und Dunkelheit etwas Faszinierendes, ich besuchte Maria gerne an trüben Tagen dort. Trübe Tage haben ohnehin etwas, das man als anziehend bezeichnen könnte. Ich verlasse also an einem trüben Tag die Amalie, gehe vorbei an den Tränenden Herzen, die Lina immer mal in die vordere Schale im Hof pflanzen ließ. Bei der Schale mit den Tränenenden Herzen, die längst verblüht und vergangen sind, drehe ich mich noch mal um.

Heute heißt die Amalie Rosenchalet, und unser ehemaliges Wohnzimmer Ferienwohnung Rosenquarz. Laut der Anzeige im Netz ist es eine komfortable Wohnlandschaft mit lichtdurchflutetem Wintergarten. Damit ist die Thomas Mann Veranda gemeint. Ich lasse das Rosenchalet und den Rosenquarz hinter mir und gehe durch den Ort.

Gleich biege ich in die Straße ab, die mich noch erkennt. Vorbei am Hotel Marktplatz, in dem Maria vor fast hundert Jahren zu arbeiten begann. Das Marktplatz ist jetzt eine Bank. Die Scheiben verdunkelt, sieht das Gebäude aus wie ein Tresor. Das Clausings Posthotel gegenüber gehört jetzt einer Immobiliengruppe, sie vermietet der Gemeinde von Bindestrich Zimmer. Momentan wohnen dort einhundert Menschen aus der Ukraine. Die einhundert sind auf sich allein gestellt. Obwohl sie alle aus einem Kriegsgebiet geflohen sind, gibt es heftigen Gegenwind gegen ihr Dasein.

Ich gehe vorbei an dem Stoffgeschäft, in dem sich Lina das Dirndl schneidern ließ. Dort sind immer noch Stoffe in allen Schattierungen aufgetürmt. Stoffe, könnt ihr warten? Ja, wir können warten. Ein Glück, denke ich, dass wenigstens die Stoffe warten. Ich suche den schwarzen Brokat und finde ihn. Er schillert schwarz in schwarz. Ich suche den vergissmeinnichtblauen Schürzenstoff und finde ihn. Das Bunte Haus, ein Stück weiter oben, finde ich nicht mehr. Das Bunte Haus scheint überhaupt ein ganz anderes Haus zu sein. Das Bunte Haus ist ebenfalls eine Bank. Tatsächlich prägen Banken das Ortsbild von Bindestrich. Immer wieder stößt man auf sie, sie wirken unzugänglich, so wie ihr Geld, das sie einschließen und von dem keiner was hat, am wenigsten die Bindestrichler.

Ganz nah ist der Bahnhof, zu dem Hedy Staakmann gezerrt wurde. Nichts erinnert daran, dass Hedy zwei Nächte und einen Tag erfroren und verwirrt in einem Käfig als Judensau ausgestellt wurde. Nichts erinnert daran, dass ihr Mann Fritz Staakmann neben ihr Wache gehalten hat und dafür brutal zusammengeschlagen wurde. Ich sehe mich noch mal erstaunt um, aber wirklich nichts, das an die beiden erinnert.

Ich gehe weiter, über die Partnach, bleibe einen Moment auf der Brücke stehen, auf der Mitte zwischen Garmisch und Partenkirchen, sozusagen mitten auf dem Bindestrich, und denke an die Blaubeeren, die ich finden könnte, wenn ich dem Flusslauf der Partnach Richtung Quelle folgen würde. Für heute lass ich sie dort oben auf ihren Stämmen weiterwachsen. Weiter gradeaus gehe ich über den befahrenen Rathausplatz und biege nach ein paar Schritten in die Ludwigstraße ein. Bei der Nummer 27 öffnet sich in meiner Erinnerung der Laden mit einem Klingelton. Und Maria, die sich ganz hinten in der Dunkelheit verbirgt, bemerkt, dass Kundschaft da ist. Der vordere Laden ist mit einer alten Ladengarnitur eingerichtet, mein Blick fällt auf einen Nierentisch mit niedrigen Stühlen, an dem man in Ruhe die Qualität auswählt, in der man später schlafen und träumen möchte.

Hinten im Kontor wartet schon Maria. Sie trägt einen weißen Kittel, den sie in der Taille mit einem Gürtel zusammenhält, und eine weiße Haube, die ihre Haare vor der weißen Daune schützt. Ich durchquere den vorderen Laden, gehe vorbei an der Ladentheke und gelange in den hinteren Teil der Werkstatt. Augenblicklich befinde ich mich in einem Nest, in einem Gänsenest. Daunen über Daunen schwirren hier herum, und mitten in der Daunenwolke Maria, der all diese Daunen zu gehorchen scheinen. Gleich werden sie mit einem Daunenstaubsauger in das frisch genähte Inlett fliegen. Ich fange ein paar Federn auf. Wie Schnee, denke ich.

Kurz nach dem Tod der beiden hatte ich nur noch die Träume, in denen ich ihnen hier und da begegnet bin. Unwirklich und unwirtlich waren die ersten nächtlichen Zusammenkünfte nach ihrem Tod. Nach und nach verschwanden auch die Träume und übrig blieb nichts. Erst Jahre später, nach den Träumen und nach dem Nichts, wurde die Erinnerung wie von selbst wieder wach. Jetzt ist es, als könnte ich ihnen jederzeit begegnen.

Nachdem Maria mit ihrer Werkstatt in den Laden gezogen war, entwickelte sich Lina zu einer Art Verkaufsgarant für Daunendecken. Sie bereiste mit dem Bus die umliegenden

Dörfer und bot in den nahen und fernen Hotels Marias Daunendecken an. Maria wäre dazu nicht in der Lage gewesen, allein die Vorstellung trieb ihr die Schamesröte ins Gesicht. Lina war diesbezüglich unbefangen, überglücklich präsentierte sie nach einem Daunendeckenreisetag ihren Erfolg. Neunundzwanzig Decken hatte sie nach Oberammergau verkauft, dreiundzwanzig nach Oberau, drei nach Kohlgrub, zwei nach Saulgrub, achtzehn nach Murnau und sechsundvierzig an ein Grandhotel am Tegernsee. Morgen seien die Mittenwalder dran, und die können sich schon mal warm anziehen. Und Maria arbeitete das alles Naht für Naht und Daune für Daune ab. Maria hatte eine präzise Vorstellung, was ihre Decken können sollen, und war sich der Verantwortung bewusst. Die Decke wird mal einen Schlafenden umhüllen und soll sich wie ein Gefieder um den Körper legen.

Wenn die Eingangstür aufsprang und Kundschaft kam, unterbrach Maria die Arbeit am Gefieder und ging nach vorn zur Theke. An diesem trüben Tag, an dem ich sie im Geschäft besuchte, betrat ein Herr den vorderen Laden. Der Herr sah etwas müde aus, er war auf der Suche nach einer passenden Bedeckung. Der müde Herr habe schon von Marias Decken gehört und frage sich, ob die Decke wirklich so gut sei wie ihr Ruf. Maria wurde schon ein bisschen rot. Da hatte Lina in einem der Hotels mal wieder zu sehr angegeben. Was für eine Decke soll's denn sein?, fragte sie den müden Herrn. Nun, die Decke soll nicht belasten, sagte der müde Herr. Das wird sie nicht, sagte Maria. Beginnen wir mit dem Inlett, sagte Maria und bot dem müden Herrn einen Platz an ihrem Nierentischchen an. Inlett?, fragte der müde Herr müde. Der Stoff, der Körper, die Haut der Decke, sagte Maria. Sie gab ihm nun verschiedene Stoffe an die Hand und bat ihn, den ihm angenehmsten auszuwählen. Erstaunlicherweise entschied sich der müde Herr schnell für einen etwas raueren Stoff, zu glatt sollte er nicht sein. Fein, sagte Maria. Welche Temperatur ist Ihnen nachts am angenehmsten?, fragte Maria jetzt. Fünfundzwanzig Grad, kam es wie aus der Kanone geschossen. Fünfundzwanzig Grad, wiederholte Maria und bat um einen Moment Geduld. Sie ging nach hinten in die Werkstatt, während ich vorne mit dem müden Herrn am Nierentisch blieb. Der müde Herr sah mich mit müden Augen an. Schließen sie die Augen, sagte ich zu ihm. Der müde Herr lächelte mich an, schloss die müden Augen, und ich vertauschte die Stoffe. Und jetzt wählen sie noch mal. Diesmal ließ er sich etwas mehr Zeit und wählte mit geschlossenen Augen einen viel zarteren Stoff. Maria kehrte wieder zu uns zurück und hatte einen gefüllten Stoffbeutel in der Hand. Fünfundzwanzig Grad, sagte sie, müsste passen. Der müde Herr war nun verwirrt und fragte Maria, wie sie die Temperatur der Decke bestimme. Ganz einfach, sagte Maria. Ich arbeite mit unterschiedlichem Gefieder. Die Gänsedaune ist der Flaum unter den Federn der Gans. Er hält die Gans warm und trocken. Ich lächelte den müden Herrn an. Wenn ich nun, fuhr Maria fort, zu dem Flaum eine Handvoll Eiderdaune gebe, erhöht sich die Temperatur der Decke, sagte Maria. Mit der Eiderdaune umhüllt die Eidergans die Brut.

Für jeden Schläfer fertigte Maria eine ganz persönliche Decke. Und auch der müde Herr bekam, was er brauchte, und fand wieder in den Schlaf.

31

Ich verlasse die Ladenfront der Ludwigstraße 27, lange schon stand ich vor dem Fenster meinen Erinnerungen nachhängend herum und mache mich auf den Weg zurück Richtung Amalie. Ich gehe die Ludwigstraße entlang und erwäge noch einen Besuch auf dem kleinen Pestfriedhof hinter der Sebastianskirche, als ich zufälligerweise auf der gegenüberliegenden Straßenseite auf der Mauer vor der Kirche das Gewissen von Bindestrich sitzen sehe.

Mit großen, traurigen Augen blickt er auf die Fassade der gegenüberliegenden Gastwirtschaft. Inzwischen ist das Gewissen von Bindestrich schon etwas in die Jahre gekommen, aber immer noch setzt es die Vergangenheit von Bindestrich Kieselstein für Kieselstein zusammen. Beharrlich klärt das Gewissen Bindestrich darüber auf, wann welches Unrecht geschah. Nicht, dass sich in Bindestrich irgendjemand dafür interessiert. Das Gewissen berichtet, dass sich in Bindestrich niemand dafür interessiert.

Ich setze mich für einen Moment auf die Mauer vor der Kirche neben das Gewissen. So viel Zeit muss sein. Das Gewissen ist sehr freundlich, das Gespräch mit ihm ist mühelos. Gemeinsam blicken wir nun auf die Fassade des Gasthof Rassen.

Das Desinteresse sei damals massiv gewesen und sei heute immer noch massiv. Das ist es, was das Gewissen einfach nicht begreifen kann. Man stelle sich vor, der Fremde kommt, besichtigt Bindestrich, und weit und breit kein Wort über das, was hier geschah. Die Olympiade der Nazis, unsichtbar gemacht. Gegen Windmühlen kämpfend entwickelt das Gewissen eine Ausstellung über die schlimme Zeit, über den Nationalsozialismus in Garmisch Bindestrich Partenkirchen. Die Ausstellung wird nach ein paar Anstandsjahren abserviert und im Kellergeschoss des Partenkirchner Kindergartens verborgen.

Ratlos sitzen wir beide auf der Mauer. Ich frage mich, womit ich das Gewissen trösten könnte, aber das Gewissen ist untröstlich. Es berichtet, dass er wieder und wieder versuchte, die Frau Erste Bürgermeisterin umzustimmen, um die Ausstellung aus ihrer Verbannung zu erlösen und das gesammelte Wissen über das geschehene Unrecht ans Licht und unter die Leute zu bringen. Vergebens, die Frau Erste Bürgermeisterin lässt die Kehrseite der Medaille im Keller des Partenkirchner Kindergartens vergammeln. Im Keller der Kinder gammeln die Verbrechen der Urgroßväter vor sich hin.

Schlimm, sage ich, und stelle mir vor, wie die Kinder in einer unbeaufsichtigten Minute auf der Suche nach einem zufällig verlorengegangenen Ball in den Keller des Kindergartens gehen und dort auf Hakenkreuze stoßen. Sie finden auch die Fotos von Zwangsarbeitern, wie sie zusammengepfercht in Baracken hausen und zwangsweise das Skistadion von Bindestrich aufbauen. Wenn sie noch tiefer graben, finden sie noch ein paar Juden abweisende Schilder, die vor der Olympiade weggeräumt worden sind und nach der Olympiade schnell wieder herausgeholt wurden und jetzt wieder unter dem Kindergarten schlummern, bereit für ihren nächsten Einsatz. Ich stelle mir vor, wie man die kleinen, kleinen Kinder bei ihrer Suche ertappt und sie zurück ins Reich der harmlosen Spiele lockt. Das sind so Geschichten, die haben nichts mit uns zu tun. Lasst das alte Zeug im Keller liegen. Das gehört dem alten, schlechten Gewissen, das kommt ab und zu vorbei und kramt in seinen Erinnerungen.

Wie wir dasitzen, blicken wir weiter auf die gegenüberliegende Fassade des Gasthof Rassen. Nach einer Weile setzt das Gewissen noch einmal an und fährt jetzt etwas leiser fort. Der rechte Gedanke ist nie ganz aus Bindestrich verschwunden. Das Gewissen erinnert sich noch, wie sich gleich kurz nach dem Krieg die NPD in Bindestrich formierte. Und er als Schüler damals dagegen demonstrierte. Die NPD traf sich im Garmischer Bräustüberl. Kein Wunder, dort trafen sich ja schon die Nazis, die NSDAP. Und jetzt die NPD. Und dorthin sei das Gewissen gegangen und habe vor Ort gegen die NPD demonstriert. Dort sei das Gewissen dann rausgeschmissen worden, raus aus der Gastwirtschaft. Aus der NPD entwickelten sich die Republikaner, und die Republikaner trafen sich hier gegenüber im Partenkirchner Rassen. Seit ein paar Jahren trifft sich hier die AfD.

Ein trüber Tag, denke ich, und bitte das Gewissen, mich ein bisschen durch Bindestrich zu begleiten. Hat keinen Sinn, noch länger auf die Fassade des Rassen zu starren. Wenn sich die AfD dort trifft, ist das Lokal ohnehin untendurch. Aber das Gewissen will noch bleiben.

Wie selbstverständlich tragen mich die Schritte an der Loisach entlang zum Garmischer Bräustüberl. Dass sich die

NSDAP und die NPD hier versammelten, trifft mich wie der Blitz. Das Bräustüberl ist die Wirtschaft, die man nach jeder Taufe, Hochzeit oder Beerdigung besucht. Auch wenn man an lauen Sommerabenden in einem von kühlen Kastanien beschatteten Biergarten Entspannung sucht, geht man ins Bräustüberl. Ich erinnere mich an einen Abend mit Lina und Maria, an dem vor allem Maria von ihrer Kindheit erzählte. Früh wurde sie von der Mutter getrennt und kam als Kleine bei Verwandten unter. Anfangs fand sie sich nicht zurecht, und das Heimweh nach der Mutter fraß sie auf. Nach und nach fasste sie Vertrauen in die neue Familie, und als es nach ein paar Jahren an der Zeit war, zur Mutter zurückzukehren, wollte sie nicht mehr fort. Die Mutter hatte wieder geheiratet, und der neue Vater blieb ihr fremd.

Ganz in der Nähe des Bräustüberls liegt die bezaubernde Alte Garmischer Kirche, der wir auch an jenem Abend einen Besuch abstatteten. Die Kirche ist ein Juwel, weil sich darin eine Prophetie verbirgt, ein Wandgemälde aus dem frühen 15. Jahrhundert. Das Gemälde, gleichsam drastisch und visionär, stellt einen monströsen Wurm dar, der alles verschlingt. Weit aufgerissen ist sein Maul, gelassen blickt das Monstrum auf die kleine Menschenherde, die es zu verschlingen gilt. Und auf seiner Zunge tanzt der Teufel.

32

Linas Gast zu sein war schon etwas. Etwas, das man immer wieder mal sein wollte. Linas Gast zu sein bedeutete, nicht vergessen zu werden. Sie hatte bezüglich ihrer Gäste ein außerordentliches Gedächtnis. Ein Gästegedächtnis. Nie vergaß sie ein Gesicht. Und wenn sie das Gesicht eines unvergessenen Gastes wiedersah, dann öffnete sich ihr Gesicht. Sie sind es!, sagte Lina dann, und das war etwas, das der Gast tatsächlich immer wieder wollte. Weswegen Linas Gäste immer wieder kamen, egal woher.

Man musste einmal darstellen, woher die Gäste kamen, dachte Lina. Und sie, die selten Wünsche äußerte, wünschte sich eine Karte, eine Weltkarte. So, wie man sie aus Schulen kennt. Eine Karte von der Welt, auf der der Gast ihr zeigen konnte, woher er kam. Damit das nicht in Vergessenheit geriet, bat sie den Gast, bei der Abreise den Ort seiner Herkunft mit einer Stecknadel anzuzeichnen. Und bald waren die Kontinente übersät mit Nadeln aller Art.

Der Fremdenverkehr von damals hatte allerdings einen Einbruch, von dem Linas Hotel merkwürdigerweise verschont blieb. Ende der Sechziger kamen plötzlich weniger Gäste nach Bindestrich. Der Grund war in gewisser Weise eine Folge des erzwungenen Zusammenschlusses. Durch den Zusammenschluss der beiden Dörfer verstädterte Bindestrich. Die beiden Dörfer verloren ihre Identität als Dorf und wurden zusammen Stadt. Das Dörfliche, das Authentische, das der Gast suchte, verschwand. Und somit auch der Gast. Der Gast war wie verschwunden.

Vieles wurde unternommen, um den Gast zurückzuholen. Wettkämpfe, Meisterschaften, Weltmeisterschaften wurden abgehalten, damit hatte Bindestrich schon in der Vergangenheit so seine Erfahrungen gemacht, und dadurch, so die Hoffnung, würde Bindestrich seine Attraktivität behalten. Und tatsächlich, der Gast kam wieder. Nach und nach. Man musste ihn schon immer wieder bitten. Aber er kam dann doch.

Naturgemäß ging es auch darum, welchen Gast man zurückholen wollte. Natürlich wollte man den guten. Und wer ist der gute Gast? Der gute Gast ist der deutsche Gast. Und warum ist der deutsche Gast der gute Gast? Weil der deutsche Gast das meiste Geld hat. Der andere Gast, der Tourist, geht auch, der Engländer, der Schwede, der Franzose, der Norditaliener geht auch. Die sind alle gut, weil die auch Geld haben. Mal mehr, mal weniger, aber das ist im Grunde der gute Tourismus. Dann gibt's noch diejenigen, die nicht ganz so viel Geld haben, die Spanier, die Italiener von weiter unten, die Kroaten oder so, die sind dann schon weit weniger gut. Am wenigsten gut sind die Billigtouristen, die wenig Geld haben, die will keiner. Auch die Bindestrichler wollen den Billigtourismus nicht. Der Tourist muss schon was mitbringen, sonst läuft das nicht in Bindestrich. Es ging also darum, gute Touristen herbeizulocken, und davon viele. Und das scheint auch geklappt zu haben. Der gute Massentourismus kam nach diversen Anrufungen dann doch noch in Gang.

Eine Folge davon ist, dass es in Bindestrich eine Art Scheinreichtum gibt. Scheinbar sind alle, die hier leben, reich, im Grunde aber ist dieser Reichtum nur Fassade. Der Massentourismus macht nur wenige in Bindestrich reich. Steinreich, muss man sagen. Aber die, die den Laden am Laufen halten, das Personal, bleibt auf der Strecke. Die Steinreichen jammern, dass sie kein Personal mehr haben. Wo ist es denn hin, das Personal? Das Personal hat sich vom Acker gemacht. Das Personal kann es sich nicht mehr leisten, in Bindestrich zu leben. Und die gute Nachricht: Das Personal bleibt so lange verschwunden, bis das Personal wieder anständig bezahlt wird. So lange müssen die armen Reichen und die armen Superreichen warten, bis endlich jemand vorbeikommt, der sich um sie kümmert und sie bedient.

Wenn ich Linas Personal betrachte, sehe ich ausschließlich Frauen, die den Laden am Laufen halten. Ich sehe Lina, Lina selbst ist Personal, ihr eigenes Personal. Ich sehe Linas Tochter, ich sehe Maria und auch ihre Tochter. Ich sehe die Zimmermädchen, die lebenslang Zimmermädchen waren, als Mädchen kamen sie, und erst am Ende ihres Arbeitslebens gingen sie wieder, ich sehe alle diese Frauen in einer ungeheuren Unermüdlichkeit arbeiten. Von morgens bis abends arbeiten. Ich sehe sie ihr ganzes Leben lang arbeiten. Manchmal war da noch eine zusätzliche Hand, jemand, der hier oder da half, damit das Ganze nicht aus dem Ruder lief.

Einmal im Jahr, wenn es warm wurde, kam Lotte. Lotte kam aus Berlin, und Lotte war zeit ihres Arbeitslebens Hilfsschwester in der Charité. Irgendwann hatte sie es in der Sommerfrische nach Bindestrich verschlagen. Sie sind es!, sagte Lina, als sie Lotte den zweiten Sommer kommen sah. Mitten in der Hochsaison sah Lotte, dass Lina Hilfe brauchte. Das Imperium platzte mal wieder aus allen Nähten. Lotte bot Lina an, die Wäsche zu machen. Sie hätte am Nachmittag sowieso nichts vor. Lotte war eine Spur älter als Lina. Und vielleicht war Lotte auch eine Spur sturer. Jedenfalls machte Lotte während ihrer Ferien am Nachmittag die Wäsche und Lina erließ ihr beim Abschied die Rechnung.

Lotte kam immer gleich, wenn es warm wurde, und wenn das Wetter wieder umschlug und der Herbst sich ankündigte, war auch Lotte wieder weg. Wenn Lotte ging, war das Haus verwandelt. Alles war in Ordnung gebracht, die Schränke aufgeräumt, die Wäsche faltenlos sortiert. Lotte war ein stilles Lied, dessen Melodie nur Lotte selbst kannte. Wenn ich einen Blick in Lottes Reisetasche werfen dürfte, wobei das eine Tasche ist, die nur von Lotte selbst geöffnet werden kann, würde ich darin vor allem zwei helle Röcke finden. Dann wären da noch zwei, drei weiße Blusen. Ein Kamm für Lottes weiße Haare. Lotte hatte weiße Haut, die war so weiß wie Milch. Und ein Gesangbuch fände ich in Lottes Tasche.

Was Lotte gar nicht mochte, war Streit. Wenn irgendwo gestritten wurde, war Lotte weg, verschwunden. Wenn die Luft wieder rein war, kam auch Lotte langsam wieder. Sie mochte die Stunden, in denen das Haus zur Ruhe kam. Mit den Gästen wollte Lotte nichts zu tun haben. Wäsche machen und Fäden singen, das war ihr Glück. Sie wollte den reinen Duft der frisch gewaschenen Wäsche riechen. Die Wäschekammer war ihr Ort, und während sie das Laken einspannte und glättete und es auf der anderen Seite der Maschine blütenrein und faltenlos erschien, sang sie ihr Lied.

33

Einer meiner besten Lehrer ist der Zufall. Man läuft dem Zufall, wenn man Glück hat, in die Arme. Und gerade laufe ich ihm in die Arme, zufällig fällt mir eine alte Fotografie von Lina und Linas Tochter in die Hand.

Die Fotografie zeigt mir beide Frauen in einem heiteren Moment. Könnte Brüssel sein. Ein Platz im Winter. Die Bäume sind nicht mehr oder noch nicht belaubt. Alle tragen Mäntel, keine Hüte, also vielleicht ein wärmerer Tag im November oder ein erster warmer Tag im Februar, März. Um sie herum Tauben. Eine Taube sitzt auf Linas flacher Hand. Eine andere streift gerade Linas Tochter. Linas Körper ist der Tochter zugewandt. Die Tochter blickt auf etwas, das sie amüsiert. Ein ausgelassener, fast glücklicher Moment der beiden. Muss Ende der Fünfzigerjahre gewesen sein, da kam die Tochter gerade aus England zurück. Sie sprach jetzt Englisch, ein exzellentes Englisch. Beide trafen sich in Brüssel. Da schien das Glück zwischen beiden noch möglich gewesen zu sein.

Lina und ihre Tochter entwickeln sich im Laufe ihres Lebens diametral entgegen. Lina bleibt sich insofern treu, als dass sie ihre anfängliche Armut nie verbirgt und sie – trotz ihres späteren wohlhabenden Lebens – immer wieder thematisiert. Eine prägende Erinnerung, die bis zum Schluss ihre Begleiterin bleibt. Sie spricht über ihre Herkunft, die frühe Armut. Sie hält das wach in sich. Linas Tochter dagegen hat Angst vor der Armut, besonders die Vorstellung, im Alter arm zu sein, peinigt sie.

Zwischen Lina und Linas Tochter gibt es keine Einigkeit, was die Übergabe des Hotels angeht. Linas Tochter versucht, sich vom Geschäft der Mutter zu lösen. Je älter Lina wird, desto mehr verschiebt sich das Machtgefüge zwischen beiden. Linas Tochter wird stärker. Lina wird langsam, aber sichtbar schwächer. Linas Tochter zieht immer weitere Kreise, arbeitet in Übersee. Immer weiter fliegt sie weg. Einmal verkündet sie, dass sie sich für eine Mondumkreisung angemeldet habe. Das sei noch lange hin, aber sie stehe in Amerika auf einer Liste. Und dann sagt sie, dass sie am liebsten ins All fliegen würde. Sie hat keine Angst vorm Universum.

Ich sehe mir die Fotografie der beiden Frauen in Brüssel noch etwas genauer an und denke, wie würde die Fotografie jetzt aussehen? Wie sehe ich die beiden Frauen jetzt auf dem Bild?

Die beiden hätten jedenfalls die Seiten gewechselt. Lina steht jetzt rechts und blickt auf etwas, das sie amüsiert. Es ist das Leben, das sie amüsiert. Lina hat den Konflikt mit der Tochter am Ende ihres Lebens bewältigt. Lange hat sie darunter gelitten, sich damit beschäftigt und begriffen, dass sie daran nichts ändern kann. Zunächst war sie stumm, später wich das Stummsein einer gewissen Gleichgültigkeit. Lina lächelt. Sie ist jetzt mit anderen Dingen beschäftigt. Sie sieht sich die Tauben an. Sie bewundert ihre Lebendigkeit, ihr Treiben. Vielleicht denkt sie daran, dass sie gleich abhebt wie eine Taube. Diese Leichtigkeit, denkt sie.

Linas Tochter ist der Mutter zugewandt. Immer noch denkt sie über die Mutter nach. Sie sieht sich Linas Kleidung an. Sie entdeckt Flecken darauf. Immer diese Flecken. Sie nimmt ein Tuch und versucht, den Fleck zu entfernen, aber er geht nicht raus. Der Fleck ist imprägniert. Tief drin. Nichts zu machen. Etwas an ihrer Mutter ist auch faszinierend, denkt sie. Einige ihrer Eigenschaften eignet sie sich sogar an. Im Alter engagiert sie sich für Alte. Und berät sie. Wenn sie eine Alte auf der Straße sieht, ist sie schon an ihrer Seite. Und hilft. Wenn es darum geht, übers Sterben nachzudenken, ist sie der Meinung, dass das ihre ganz eigene Sache ist. Keine Schmerzen jedenfalls, ein leichter Übergang.

34

Am Beginn meiner Zeit im Internat höre ich die Geschichte der Gorgonen, die mich gleich beschäftigt. Die drei Gorgonen sind Schwestern, und jede ist auf ihre ganz persönliche Art schrecklich. Drei Schreckgestalten. Die Gorgonen leben im Gebirge, im Atlasgebirge. Ich stelle mir die Gorgonen mit ihren Schlangen auf dem Haupt vor und male sie. Drei Frauen auf einem Bild. Die linke Gorgone ist die Mächtige. Ihr male ich weiße, freundliche Schlangen auf den Kopf. Die Schlangen liegen friedlich beieinander, wie die Locken beieinanderliegen, wenn die Großmutter frisch vom Friseur kommt. Die rechte Gorgone ist die Königin, die Gorgo Medusa. Ihre Schlangen stehen kopf. Rot und schwarz beißen sie sich gegenseitig in den Schwanz. Später, viel später werde ich die Medusa im Kunsthistorischen Museum in Wien vor einem Bildnis von Rubens in Szene setzen. Medusa ist die einzig Sterbliche unter den dreien. Ihr wurde übel mitgespielt. Vergewaltigt von Poseidon wird sie aus Eifersucht von Athene in ein Monstrum verwandelt, das jeden, der sie betrachtet, zu Stein erstarren lässt. Rubens lässt die Schlangen von ihrem Kopf fliehen, so verzweifelt sind selbst die Schlangen über das Schicksal der Medusa. Die kleine Gorgone in der Mitte meines Bildes trägt auch Schlangen auf dem Kopf. Ihre Schlangen tanzen. Haben einen Rhythmus. In dem Mythos heißt diese Figur die Weitspringerin. Das Bild verschwindet. Jahre später, als ich das Internat verlasse, will ich das Bild wiederfinden, suche es im Kunstsaal des Internats. Und tatsächlich finde ich es in einem Nebenraum, versteckt in einer Schublade hat es auf mich gewartet. Lange starre ich darauf. Wie würde ich mein Bild heute malen? Die linke, mächtige Medusa würde ich mit geschlossenen Augen malen, sie lächelt, sie träumt. Die Schlangen auf ihrem Kopf sind durchscheinend geworden, silberne Fäden, die hier und da auftauchen und wieder im Bild verschwinden. Die rechte Medusa ist kahl. Ihre Schlangen haben sich an den Bildrand zurückgezogen. Sie sind zu Holz geworden. Sie zittert, als ob sie friert. Sie fühlt das Chaos, sie fürchtet sich. Sie fürchtet sich davor, dass die Ordnung keine Ordnung mehr ist, dass das Leben keinen Sinn mehr hat, dass nichts mehr etwas wert ist. Sie sieht alles vor die Hunde gehen. Die Schlangen der kleinen Medusa überwuchern alles. Wie Schlingpflanzen schlängeln sie sich durch die silbernen, schlängeln sie sich durch die hölzernen und umarmen beide. In diesem Gestrüpp an Schlangen kann man sie nur noch erahnen.

35

Lina ist achtundsechzig, ich bin achtzehn. Mit der Erreichbarkeit ist das so eine Sache. Ein Glück, wenn man jemanden erreicht. Ungewiss allerdings, ob man jemanden erreicht. Glück und Ungewissheit gehören offenbar zusammen. Eines ist gewiss, wir sterben. Zum Glück ist ungewiss, wann.

Die Spanne zwischen Ungewissheit und Glück wusste Lina jedenfalls zu nutzen. Wenn sie mich nicht erreichen konnte, blieb sie dran. Wie beim Sechser im Lotto war es nur eine Frage der Zeit. Das waren noch Zeiten, als ich sie immer donnerstags aus der ranzigen Telefonzelle anrief. Diese Zeiten waren nun vorüber. Meine Kreise weiteten sich in die Unerreichbarkeit aus. Ich bezog ein Zimmer in München im letzten Stockwerk eines hohen Hauses und begann zu studieren.

Bei einem langen Sommeraufenthalt in Griechenland tauchte eine neue Gestalt auf. Im ersten Moment sah die Gestalt aus wie eine Mischung aus Charles Bronson und Gary Oldman. Eher Charles Bronson oder eher Gary Oldman? Die Brutalität von Bronson, die Gefährlichkeit von Oldman, würde ich sagen. Jedenfalls ein Doppelgesicht. Halb Oldman, halb Bronson. Charles und Gary haben ein Auge auf mich geworfen, sie lassen mich nicht in Frieden. Ich verlängere meinen ersten langen, ausgedehnten Sommerurlaub um ein paar weitere Wochen und lasse die Augen auf mir ruhen.

Langsam wird es Zeit und ich muss wieder los. Kaum im eigenen Zimmer angekommen, zieht es mich wieder zurück. Ich fliege die einsame Insel in der Ägäis an, wo Charles und Gary schon sehnsüchtig auf mich warten. Willkommensfeste, das ganze Dorf tanzt. An Silvester wird eine Tombola veranstaltet, ich gewinne den Hauptpreis: ein Schwein, das ich selbst schlachten soll. Spätestens jetzt hätte ich ahnen können, dass die Sache blutig enden würde. Was kann das Schwein dafür? Und überhaupt, was ist das für ein Gewinn? Ich beziehe das Haus von Charles und Gary. Jetzt erst bemerke ich, dass das Doppelgesicht krank ist. Es trinkt zu viel. Viel zu viel. Mal ist Charles Bronson anwesend, mal Gary Oldman. Beide gleichzeitig eher nicht. Als ich darauf zu sprechen komme, wird die Sache ungemütlich.

Die Telefonate mit Lina sind jetzt selten. Manches Mal unterbrechen die winterlichen Stürme auf der Insel die Verbindung. So schnell kann man den Schaden nicht beheben. Es vergehen ein, zwei, drei Wochen, bis die Leitung wieder steht.

Ich kann Gary überreden, das Trinken zu beenden, aber Charles weigert sich. Irgendwann ist auch er einverstanden. Während der Entziehungskur wird Gary stumm und Charles brutal. Ich spüre, dass das Doppelgesicht eine Veränderung braucht, und schlage vor, nach Hause zu fahren. Ins eigene Zimmer. Mit Gary und Charles. Beide nicht begeistert. Irgendwie schaffe ich es, das Doppelgesicht ins Land zu bringen. Aber kaum angekommen, sucht es schon die erste Kneipe auf. Alles umsonst. Das Leben im eigenen Zimmer gestaltet sich schwierig, aber machbar. Bis ich eines Tages etwas verspätet nach Hause komme und das Doppelgesicht mit einem Stuhlbein im Anschlag auf mich wartet. Doch bevor Charles losschlägt und Gary gleich über sich selbst weinen wird, ergreife ich die Flucht. Raus aus dem Zimmer. Raus auf die Straße. Draußen Nacht, Schneegestöber. Nach einer Weile kehre ich ins Zimmer zurück. Charles Bronson und Gary Oldman sind reumütig, dem Doppelgesicht tut es leid, dass es das Stuhlbein gegen mich erhoben hat, es fällt auf die Knie. In Ordnung, sage ich. Aber etwas in mir ist zerbrochen. Ich überlege, wie ich Oldman und Bronson loswerden kann. Besonders Bronson geht mir auf die Nerven. Oldman allein wäre okay. Ich überzeuge das Doppelgesicht, wieder nach Hause in sichere Gefilde zu fahren. Gary ist einverstanden, Charles zickt noch ein bisschen rum, aber schließlich schaffen es Gary Oldman und ich, Bronson zu überzeugen. Das Doppelgesicht willigt ein, zurück nach Griechenland zu fahren, und ich bin frei. Dachte ich.

Lina war sich da nicht so sicher. Mit Männern, die auch mal grob werden können, kannte sie sich aus. Man kann von Glück reden, wenn man sie wieder loswird.

Ich kehre wieder ins eigene Zimmer zurück. Inzwischen ist einige Zeit vergangen. Es ist Sommer. Es ist heiß in meinem Zimmer. Oberster Stock, besonders heiß. Lege mich schlafen. Nackt. Kaum eingeschlafen, bricht jemand meine Wohnungstür auf. Das Doppelgesicht steht mitten im Raum. Will, dass ich sterbe. Wenn nicht mit ihm leben, dann eben nicht mehr leben, sagt das Doppelgesicht. Dann wird es mich jetzt eben nicht mehr geben. Ich sehe, dass Gary und Charles sich in ihm streiten. Versuche, beide abwechselnd zu beruhigen. Ziehe mir einen Pullover über. Das Doppelgesicht öffnet die Balkontür. Schleift mich nach draußen. Mit der Kraft von Charles und der List von Gary schleift mich das Doppelgesicht auf den Balkon, beide wollen mich die sechs Stockwerke nach unten schmeißen. Beide halten sich an meinem Pullover fest und zerren mich über den Balkon. Der Pullover ist meine Rettung. Ich weiß noch, wie er aussah. Grau, ein zartes Regengrau. Ganz leicht, ganz seidig. So seidig, dass man leicht an ihm ausgleiten kann. Und so passiert es. Der Pullover fällt statt meiner die sechs Stockwerke hinunter, und Gary und Charles sehen dem Pullover hinterher.

Ich laufe hinaus auf den Gang. Klopfe an der Wohnungstür meiner Nachbarin, sie hat Schreie gehört, aber sie öffnet nicht, aus Angst. Mit der Erreichbarkeit ist das so eine Sache. Ein Glück, wenn man jemanden erreicht. Die Nachbarin erreiche ich nicht. Ich gehe die Treppe hinab. Will nicht den Aufzug nehmen. Gehe langsam hinab, meine Beine sind gelähmt. Jetzt verstehe ich, was es heißt, vor Angst gelähmt zu sein. Ich zwinge mich, einen Fuß vor den anderen zu setzen. Und schaffe es langsam, ganz langsam nach unten. Von oben höre ich nichts. Vielleicht sieht das Doppelgesicht immer noch dem seidigen Regenpullover hinterher. Ich stehe nackt auf der Treppe. Versuche, nach draußen zu kommen. Lange warte ich unten vor dem letzten Stockwerk. Bis ich mir sicher bin, dass das Doppelgesicht nicht unten steht. Ich reiße mich aus meiner Starre los und laufe raus, nach draußen auf die Straße.

Es ist frühmorgens. Die Müllabfuhr reinigt die Straßen. Ich gehe hinaus auf die Straße. Ein Mann der Müllabfuhr sieht mich im Vorüberfahren. Wie ich da stehe. Nackt. Ich verdecke mich nicht. Ich stehe einfach da. Ich sehe ihn an. Er sieht mich an. Er versinkt in meinem Blick. Er verankert sich in meinem Blick. Steigt von dem langsam fahrenden Wagen ab. Zieht seine Jacke aus, seine Müllabfuhrjacke. Geht langsam, ganz langsam auf mich zu, lässt einen großen Abstand zwischen uns und reicht mir seine Jacke. Reicht mir seine Jacke mit ausgestrecktem Arm herüber. Nimm dein Glück in die Hand, höre ich Lina sagen. Ich strecke meinen Arm aus und spüre das Glück. Spüre, wie es durch den Arm des Mannes, durch die Jacke, die er mir herüberreicht und die ich gleich überstreifen werde, in mich hineinrieselt, wie Schnee. Unvermutet, greifbar, erreichbar. Glück einfach.

Nimm dein Glück in die Hand, höre ich Lina sagen. Langsam, ganz langsam ziehe ich mir die Müllabfuhrjacke über. Sie ist groß, viel zu groß. Sie riecht nach dem Müll der Stadt, nach dem Dreck der Stadt. Für mich ist sie eine Hülle, in der ich mich wieder zurechtrücke. Nimm dein Glück in die Hand. Ich sehe, wie der Mann, der mir die Jacke gegeben hat, und nicht nur die Jacke, wieder den Müllwagen besteigt, er wendet den Blick nicht von mir ab. Der Wagen fährt weiter. Ohne die Jacke. Später werde ich der Müllabfuhr die Jacke wiederbringen. Jetzt ist sie mein Glück. Selten habe ich mich in einem Kleidungsstück so sicher gefühlt wie in dieser geliehenen Glücksjacke.

Lange Jahre habe ich das Doppelgesicht nicht mehr gesehen. Ich hatte es schon fast vergessen, bis es mir ungefähr dreizehn Jahre später im Traum erschien. In meinem Traum war er weder Charles noch Bronson noch Gary noch Oldman. Er war einfach er. Und er war weiß wie Mehl.

36

Apropos Mehl. An Lina ist eigentlich ein Chef verloren gegangen, und an Maria ein Patissier. Allein die Erinnerung an ihre Küche lässt mir das Wasser im Mund zusammenlaufen. Der Moment, als ich zum ersten Mal im Speisesaal des Internats zu Mittag aß, brachte mich mit einem Schlag zur Besinnung. Ja, es gibt auch schlechtes Essen. Essen, das man einfach nicht anrühren möchte. Internatsessen, wie man es sich in seinen abscheulichsten Fantasien vorstellt. Glücklicherweise dauerte diese Tortur nur ein Jahr, danach wurde die Köchin des Internats fristlos entlassen, und eine neue kam und riss den Löffel an sich.

In Linas Küche in der Amalie gab es Gerichte, von denen ich heute noch träume. An Schweinsbratentagen kam man schon eine halbe Stunde vorher an den Tisch, damit man nichts von den Düften verpasst, die sich in der Küche verbreiteten. Linas Küche war nicht raffiniert, sie war direkt, konkret, umwerfend. Bayrische Küche mit all dem gespickt, was Lina in all den Hotels und Restaurants, die sie im Laufe ihres Lebens besuchte, erlernt hatte. Sie kochte mit den üblichen Gewürzen, wenig Exoten waren darunter. Sie kochte mit viel Zeit, ohne jede Hast. Sie musste zwangsläufig mit niedrigen

Temperaturen kochen, da sie immer wieder mal abberufen wurde, um ein Zimmer zu vermieten oder einen Gast zu verabschieden. Sie kochte Slow Food lange vor Slow Food. Für uns war es Super Food.

Es gibt ein Gericht, von dem träume ich heute noch, ihr Gulasch mit einer Spur Schokolade, das war zum Wegfliegen. Eines Tages erklärte ich mich zur Vegetarierin, und Lina empfand das als persönliche Kränkung. Sie empfand meinen Vegetarismus als etwas Überflüssiges, ja Verschwenderisches. Wesentlicher Bestandteil ihrer bayrischen Küche war Fleisch. Warum sollten wir darauf jetzt verzichten? Zugunsten von Salaten? Ja, sagte ich, müssen wir. Weißt du, was mit dem Schwein und dem Kalb passiert ist? Na gut, sagte sie, dann machen wir heute Abend eben etwas Vegetarisches. Wie wäre es mit Wurstsalat?

Linas Küche machte glücklich, kann sie auch glücklich machen ohne Fleisch? Tatsächlich hatte sie auch Fleischloses zu bieten, Marillenknödel, Rohrnudeln, Dampfnudeln, Apfelstrudel, nein nicht den Wiener Apfelstrudel, den bayrischen Apfelstrudel, Topfenstrudel, so wie man ihn heute noch beim Berggasthof Gschwandtner Bauer macht. Übrigens eine der wirklichen Topadressen in Bindestrich. Wenn eine Küche der meiner Großmutter gleichkommt, dann die vom Gschwandtner.

Über drei Wege ist der Gschwandtner zu erreichen, und alle drei sind ihren Gang wert. Wenn man viel Zeit hat, fährt man mit der Gondel bis zur Mitte des Wanks und geht um den Wank herum zum Gschwandtner Bauer. Dauert ein paar Stunden, nach zwei Stunden kommt man bei der Esterbergalm vorbei, dort machen sie den weltbesten Kaiserschmarrn. Wenn man nicht ganz so viel Zeit und Mut hat, Kaiserschmarrn und Topfenstrudel hintereinander zu verspeisen, geht man den Fußweg von Partenkirchen über das Hasental, und wenn man sehr viel Hunger hat, kann man den Gschwandtner Bauer direkt anfahren. Unterhalb der Alm gibt es einen kleinen Parkplatz, von dort aus ist es ein Gang von nur dreißig Minuten Anstieg.

Die Touristenströme laufen in Bindestrich überallhin, und ja, manche verirren sich auch hierhin. Ich gebe diesen Geheimtipp nur deshalb preis, weil der Gschwandtner Bauer einer der ganz wenigen Orte auf der Erde ist, die nachweislich glücklich machen.

Das Wort Gschwandt kommt von dem Wort schwenden. Roden. Abbrennen. Wenn man die Gegend kennt, kann man sich schon vorstellen, dass dort alles ziemlich dicht bewaldet war, also musste man erst mal Platz schaffen. Die ersten Bindestrichler mussten sich ihre Wiesen und Felder erobern, erbrennen sozusagen. Und, man muss schon sagen, die ersten Bindestrichler haben Geschmack bewiesen in der Wahl des Ortes, denn der Blick, den man vom Gschwend aus auf das Karwendel und den Wetterstein hat, ist ohne jede Übertreibung ein Rausch. Der Gschwandtner selbst entstand aus einem Heustadel. Er wurde zur Schwaige, also zum Hof, und man nannte ihn Gschwandt. Das muss um 1500 herum passiert sein. Nach mehreren Besitzerwechseln kaufte 1764 ein Anton Witting aus Leutasch den Gschwandtner Hof. Seit dieser Zeit ist der Gschwandtner im Familienbesitz, und ab 1883 wird er als Restauration geführt. Derzeit wird er in der achten Generation von den Neuners betrieben. Alles wird seit jeher selbst hergestellt. Die landwirtschaftliche Nutzfläche besteht zu einem Drittel aus Weiden, Grünland und Wiesen. Die Neuners halten rund ein Dutzend Werdenfelser Rinder, eine Rasse, die vom Aussterben bedroht ist. Außerdem sind hier fünfundzwanzig Bergschafe daheim. Das Vieh ist der Grund, warum der Topfenstrudel mit Schlag so derart gut schmeckt wie nirgends sonst. Ich bitte, mir diesen kleinen Ausflug in die Welt der Bergschafe zu verzeihen, aber wenn man mal einen besonderen Geschmack auf der Zunge hat, so wie ich ihn aus der Küche meiner Großmutter kenne, und ihn unvermutet wiederfindet, dann kann man das nicht für sich behalten. Ich zumindest nicht.

Natürlich sprachen sich Linas Kochkünste herum, weswegen Sonntagmittag bei uns in der Amalie die Tafel brechend voll war und alle Freunde der Familie am Schweinsbraten meiner Großmutter partizipierten.

Maria hinterließ mir ein kleines Rezeptbuch, für mich heute ein Schatz. Mit ihrer feinen blassblauen Kurrentschrift trug sie darin ein, was für mich eventuell später mal wichtig sein könnte. Darunter eine Sammlung ihres Weihnachtsgebäcks, samt Weihnachtsstollen, Butterbrezeln, Vanillekipferl, Ischler Kringel, Elisenlebkuchen, alles, was man zum Überleben in der Weihnachtszeit braucht. Salzstangen für Silvester. Dann fürs laufende Jahr Tausendjahreskuchen, Mandelplattenkuchen, Apfelkuchen, Apfelkuchen gedeckt, Zwetschgendatschi und der Marillenfleck.

37

Lina ist dreiundsiebzig. Ich bin dreiundzwanzig. Ich schmeiße mein Studium hin und fahre drei Monate nach Berlin. Ich sehe mir alles an, was es im Theater zu sehen gibt. Bewerbe mich an Schauspielschulen. Erste Prüfung Folkwang Schule, Essen Werden. Am Abend vor der Prüfung Telefonat mit Lina. Du hast Glück, sagt sie. Wie kannst du das wissen, es bewerben sich Tausende für eine Handvoll Plätze. Ich weiß es, sagt sie. Du hast Glück. In einem abgedunkelten Saal spreche ich zum ersten Mal vor. Drei Prüfer sitzen irgendwo da unten in der tiefen, tiefen Dunkelheit. Ich spiele. Für mich. Allein. Drei Rollen. Ich fliege ein bisschen herum. Bin fertig. Schweigen. Dann ein Gespräch im Zimmer nebenan. Jemand fragt mich ein paar Fragen. Woher ich komme. Bindestrich. Wie ich beim Lernen vorgegangen bin. Bin den Philosophenweg entlanggegangen und hab geflüstert. Flüsternd die Rollen gelernt. Jetzt hier. Jemand sagt, ich kann in zwei Wochen wiederkommen, aber nächstes Mal: im Rock!

Ich kann mein Glück kaum fassen, beschließe, in Essen zu bleiben die zwei Wochen. Am Abend esse ich eine Currywurst. Fehler. Nie wieder Currywurst. Lebensmittelvergiftung. In den kommenden zwei Wochen gehe ich durch die Hölle. Am vorletzten Tag komme ich wieder zur Besinnung und gehe auf die Suche nach dem Rock. Nichts zu finden. Weit und breit kein Rock. Ich durchkämme halb Essen nach einem tragbaren Rock. Nichts. Nachdem ich in Essen keinen Rock finde, durchkäme ich Bochum. Alles hässlich. Schließlich finde ich einen, in einem Kaufhaus. Er sieht schlimm aus, wie kann ein Rock so hässlich sein? Aber wenigstens ist es ein Rock, und irgendwie ist er weniger hässlich als all die anderen. Herbstlaub mit Vergissmeinnicht. Grässlich. Der Rock ist fremd an mir. Lina sagt, vergiss den Rock. Du hast Glück. Wie willst du das wissen? Tausende, sage ich. Eine Handvoll, sagt sie.

Mit Verachtung ziehe ich am Morgen der Prüfung das vergissmeinnichtblaue Herbstlaub an. Ich sehe an mir hinab. Vergiss es. Das Herbstlaub sieht so grässlich aus. Grässlich. Schlimmer als die Currywurst, die mich fast umgebracht hat. Gehe zur Prüfung. Diesmal große Bühne. Tiefer Zuschauerraum. Ich sterbe, denke ich. Und noch dazu in einem currywurstfarbenen Rock. Bin dran, gehe auf die Bühne und fliege. Fliege. Ich fliege nach oben. Dort oben unter dem Dach des Theaters, dort, wo das Licht hängt, fliege ich herum und ziehe meine Kreise. Hierhin und dorthin treibt es mich. Mal jage ich, mal falle ich. Mal lande ich wieder auf dem Boden, mal steige ich wieder. Nach zwei Rollen werde ich unterbrochen und komme zum Halt. Stürze hinunter aus meinem Flug und lande auf zwei zitternden Beinen. Danke, sagt eine Stimme aus der tiefen, tiefen Dunkelheit.

Ich warte, mit Hunderten anderen warte ich. Angenehm, denke ich, mit anderen zu warten. Sitzen und warten kann so angenehm sein. Noch ist keiner abgewiesen. Alle Chancen auf dieses seltene Glück sind offen. Alle hoffen. Alle leuchten.

Dann plötzlich öffnet sich eine Tür. Namen werden verlesen. Meiner ist auch dabei. Wie in Trance stehe ich auf, gehe in einen anderen Raum. Das Warten und Hoffen hat ein Ende, und Lina hatte recht. Ich hatte Glück.

Lange habe ich das Herbstlaub aufbewahrt, durch viele Umzüge hindurch hat es mich begleitet. Im Grunde trenne ich mich nicht gerne von Dingen. Weder von Dingen noch von Häusern. Aber es trieb mich ganz schön herum, von hier nach da. Und von da nach dort, und zu Hause in Bindestrich wartete Lina. Und nahm Teil an meinen Fahrten und Irrfahrten.

38

Alles ist still. Ich schlafe ein. Die Maschine hält an. Die ganze Lebensmaschine mit allem, was dazugehört, stoppt. Wenn ich einschlafe, wenn ich in den Schlaf falle, hört auch alles um mich herum auf zu sein. Wenn ich aufwache, beginnt alles wieder zu sein, wie es war. So erging es Lina, wenn sie am frühen Nachmittag in einen tiefen Schlaf fiel. Sie holte sich einen Liegestuhl, schob ihn im Garten unter einen Fliederbusch. Bedeckte und polsterte ihn je nach Jahreszeit und fiel augenblicklich in einen tiefen, tiefen Schlaf. Und dann hörte alles auf zu sein. Die Bienen summten etwas leiser als gewöhnlich. Die Gäste zogen leiser ihre Kreise. Das Telefon hörte auf zu klingeln. Die Welt stand still in dieser Stunde. Und Lina schlief.

Ich sehe hinaus in den Garten. Ich sehe Lina schlafen. Unter dem Fliederbusch. Keiner darf sie wecken. Keiner will sie wecken. Einmal am Tag braucht sie ihre Ruh. Muss sich erholen von der ganzen Betriebsamkeit des Tages. Vom frühen Aufstehen, Küche in Betrieb nehmen, Zimmermädchen instruieren, Gäste begrüßen, Gäste verabschieden, Rechnungen schreiben, Zimmer kontrollieren, Wäsche aufhängen, Post beantworten, Telefonate entgegennehmen, Gästen den Weg erklären.

Täglich nimmt sie sich die Stunde. Nach dem Mittagessen trinkt sie noch einen kleinen Kaffee, dann legt sie sich nieder. Sommers wie winters schläft sie diese Stunde am Tag im Garten unter dem Fliederbusch. Sommers legt sie sich nieder, so wie sie ist, legt noch kurz die weiße Schürze ab, hängt sie in den Flieder. Winters holt sie die Lamafelldecke, damit auch sie noch einen Sinn bekommt und das Lama nicht umsonst seines Fells beraubt wurde, legt sich je nach Wetter darauf oder darunter. Bindestrich liegt hoch, ungewöhnlich hoch. In manchen hohen Tälern wie dem Reintal herrscht ein geradezu tibetanisches Klima. Und unten im Tal auf fast neunhundert Metern sind die Sommer angenehm frisch, und die Winter fühlen sich trotz der Kälte warm an. Sechs Sonnenstunden verzeichnet Bindestrich am Tag. Und eine davon ist ihre.

Wenn man sie so sah, wie sie inmitten ihres Imperiums schlief, war man augenblicklich gerührt. Nicht nur mir ging das so, nicht nur mich trifft dieses Bild heute noch ins Mark, jeder, der den Garten betrat, fühlte es. Der Garten war von vielen Seiten betretbar. Ein offenes Haus, das war es, was Lina wollte. Ein offenes Haus für alle. Alle Freunde, alle Gäste. Und in dieser Offenheit nahm sie sich den Platz zu schlafen. Sie war keine Schnarcherin, keine Herumwälzerin, ihr Schlaf hatte nichts Befremdendes. Ihr Schlaf hatte etwas Friedliches. In ihrem Schlaf sah man ihr Wesen, wie es war. Ein gleichmäßig atmender Mensch schlief da. Jemand, der nichts festhielt und der alles gab, was es zu geben gab. Nicht mehr und nicht weniger.

Im Grunde sah man in der alten, schlafenden Frau das Kind. Einmal besuchte sie mich in Köln. Ich war da schon ein paar Jahre am Theater engagiert. Von Zeit zu Zeit kam sie mich besuchen. Und ging auch gerne ins Theater. Da war sie schon fast achtzig, und ihre Reisen wurden seltener. Nach der Vorstellung zog sie sich gerne zurück, flog nicht mehr mit den Kollegen um die Häuser, wie sie es früher tat, ging gleich nach Hause und legte sich in mein Bett. Irgendwann kam ich mit ein paar Leuten in der Wohnung an, alle versprachen, leise zu sein, wegen der schlafenden Großmutter in meinem Zimmer. Irgendwann bat jemand darum, die schlafende Großmutter sehen zu dürfen. Dann wollten alle die schlafende Großmutter sehen. Ich wusste, Lina hatte nichts dagegen, ich öffnete ganz vorsichtig die Tür zu meinem Zimmer, und nun stand das Ensemble um meine schlafende Großmutter herum und betrachtete sie. Zum ersten Mal fiel mir auf, sie schlief ohne Gebiss. Es lag ganz friedlich neben ihr auf dem Tisch. Die Brille hielt sie in der Hand. Wie immer. Dann setzte sich jemand leise auf den Boden, dann der Nächste. Nach und nach setzten sich alle. Oder legten sich auf den Boden. Nach und nach schlief jemand ein und dann noch einer. Manche umarmten sich, während sie schliefen. Lagen über- oder untereinander. Jedenfalls war es ein stummes Gelage, und etwas zutiefst Friedliches war in unser aller Schlaf.

39

Es gab den Wunsch, die Welt zu sehen, die ganze Welt. Lina hatte den Wunsch, die Länder zu besuchen, aus denen ihre Gäste kamen. Es gab den Wunsch zu reisen, immer weiter. Sie würde reisen, bis sie alles gesehen und in sich aufgesogen hatte. Sie würde nicht alleine reisen, sie würde mit Maria reisen. Und wenn es die letzte Reise sein würde, die sie unternahmen. Einmal alles in sich aufnehmen, ein letzter großer Kraftakt. Ein letzter Flug.

Anfangen sollte die Reise in New York. Im Waldorf Astoria, dem wahrscheinlich berühmtesten Hotel dieses Planeten. Momentan ist das Waldorf Astoria geschlossen, 2016 wurde es für knapp zwei Milliarden Dollar an eine chinesische Versicherungsgruppe verkauft, und seither wird es für eine Billion Dollar renoviert. Kann gut sein, dass in Wahrheit ein einsamer Chinese darin lebt.

Lina hatte einfach etwas übrig für ein gutes Bett und ein gutes Frühstück. Und genau das fand sie im Waldorf Astoria. Lina und Maria durchstreiften zuerst Nord- und Südamerika, dann durchforschten sie Asien. Auf Bali hatte sie ein merkwürdiges Erlebnis. Auch hier schliefen sie bestens, aßen bestens. Das asiatische Essen war nicht ganz ihr Ding, aber interessant war es schon, und von dieser Reise brachte Lina den gebratenen Reis mit nach Hause, den sie später ihrer Küche einverleibte.

Aber hier war es dann so weit, dass Lina einmal über das Luxusressort hinaus gehen wollte, sie wollte das Ressort verlassen. Maria setzte sich in einen schwebenden Stuhl und begann aufs balinesische Meer hinauszusehen, und Lina zog immer größer werdende Kreise um den Schwebestuhl herum. Eben war sie noch bei ihr, aber bald trieb es Lina zum hoteleigenen Steg, hinauf und hinunter. Und dann am Strand entlang immer weiter weg. Bis Lina den Schwebestuhl nur noch erahnen konnte. Maria sorgte sich nicht, Lina sorgte sich nicht. Eine Muschel, ein bunter Stein, und wenn sie Glück hatte, ein Seestern zeigten ihr den Weg. Und wenn es nicht mehr weiterging, weil sie an eine Flussmündung kam oder an eine Felskante stieß, schlug sie einen neuen Weg ein. Irgendwann erreichte sie das Ende des Ressorts. Ein Bauzaun markierte die Grenze. Sollte sie weitergehen? Lina dachte, was soll mir schon passieren, und passierte die Grenze. Der Sand schien derselbe zu sein, die Sonne schien dieselbe zu sein, aber nach ein paar Schritten wurde die Welt anders. Sie ging eine Weile vor sich hin, bis sie eine kleine Siedlung sah. Baracken waren das. Ein Haufen Wellblech, zu Hütten zusammengedrängt. Es roch nach Abwasser, es roch nach Fäulnis. Eine abgemagerte Kuh stand da, besetzt von Hunderten Fliegen. Eine Plastikplane, die die Begrenzung eines Stalls oder einer Kammer andeutete, Gestrüpp. Armut. Den Geruch der Armut kannte sie. Lange konnte sie den Blick nicht abwenden, bis jemand auf sie zutrat und sie verscheuchte wie eine Fliege, die stört. Langsam löste sie sich, irgendwann trieb es sie wieder zurück, sie passierte den Bauzaun, und irgendwann erkannte sie dann auch den schwebenden Stuhl wieder, in dem Maria schon auf sie wartete.

Nachdem sie Bali hinter sich gelassen hatten, besuchten sie Australien und schließlich den südlichen Pazifik. Das taten sie natürlich nicht ohne Grund. Marias Sohn war in der Zwischenzeit unter die Hoteliers gegangen. Im südlichen Pazifik, im sagenhaften Inselreich Tonga auf der Inselgruppe Nuku Alofa, baute er ein Refugium für arme, superreiche Amerikaner, und Lina und Maria wollten mal vorbeischauen und sehen, wie der Laden so läuft.

Marias Sohn hatte den König von Tonga bei einem Besuch in Deutschland kennengelernt, und der König lud ihn ein, sich doch mal in seinem Inselreich umzusehen. Als Marias Sohn zum ersten Mal die kleine Insel Fafa Island sah, flackerte die Vision in ihm auf, diese Südseeperle mit ihren feinen Sandstränden, Lagunen und Tauchgründen in ein Paradies für den gehobenen Ökotouristen zu verwandeln. Ein Robinson-Crusoe-Refugium sollte es werden. Glück ist da, wo andere nicht sind, dachte er.

Lina und Maria ließen sich auf das Inselabenteuer ein, immerhin waren sie die Hauptsponsoren dieses Unterfangens, und spielten mit Marias Sohn auf dem südpazifischen Außenposten im Sand Robinson Crusoe. Robinson Crusoe, Seemann aus York, der bei einem Schiffbruch an Land gespült wurde, lebte achtundzwanzig Jahre auf seiner Insel, bevor er endlich durch Piraten befreit wurde. Marias Sohn hielt es nicht so lange im Inselparadies aus. Er bekam das, was man landläufig einen Inselkoller nennt, vom permanenten Aufs Meer Schauen. Das Meer macht glücklich, aber zu viel Meer macht offenbar leer.

40

Wieder in Bindestrich angekommen, besuchte ich Lina und Maria, um mir aus erster Hand die Eindrücke ihrer Weltreise erzählen zu lassen. Wir saßen im immer dunkler werdenden Garten. Die Armut kann man überall auf der Welt antreffen, sagte Lina. Zum Beispiel auf Bali. Inselparadies. Sie habe die Not mit eigenen Augen gesehen. Der Tourismus versuche, den Blick abzuwenden und das Elend zu verbergen, aber in Wahrheit sei die Armut allgegenwärtig. Maria nickte. Warum leiden Menschen an Hunger? Warum leiden weltweit Menschen an Hunger, während anderen eine Fünf Sterne Kulisse vorgetäuscht wird. Und eine Täuschung sei es, sagte Lina. Maria nickte weiter. Ihr sei es jetzt peinlich, in dem Fünf Sterne Ressort abgestiegen zu sein, sagte Lina, wenn nebenan die Not wohnt. Maria nickte unaufhörlich weiter. Dabei wäre es möglich, die Dinge besser zu verteilen. Es wäre machbar. Maria erinnerte mich an die kleine nickende Figur aus dem Krankenhaus. Auf dem Rückflug hatte Lina in einer Zeitung gelesen, die Erde könnte problemlos zwölf Milliarden Menschen ernähren, nur erreicht viele Menschen diese Nahrung nicht, und sie hungern. Unerträglich. Der Hunger ist also nicht etwas, das man erleidet, der Hunger ist gemacht. Marias

Nickbewegungen waren nun fast schon kreisförmig, so empört war sie. Und Hunger fühlt sich grauenvoll an, sagte Lina. Wer am Beginn seines Lebens einmal gehungert habe, vergisst das im Leben nicht mehr. Und Lina zumindest sei auf dieser Reise klar geworden, dass man unmöglich dem persönlichen Glück hinterherjagen kann, wenn ein Fünftel der Welt verhungert. Unerträglich. Dagegen muss doch etwas unternommen werden. Sie hätte in der Zeitung im Flugzeug gelesen, dass die Politik sich vor den privaten Konzernen fürchtet, die die Lebensmittelmärkte weltweit besitzen, und die Konzerne machen die Preise. Und die machen nicht nur die Preise, die nehmen den Leuten auch noch das Land weg! Unerträglich, sagte Lina jetzt, und Maria fiel nun fast der Kopf ab. Alle fünf Sekunden stirbt auf diesem Planeten ein Kind an Hunger. Ein qualvoller Tod, den sie niemandem wünscht. Die Eltern wissen nicht, wie sie ihre Kinder ernähren sollen. Und die Sorge um die Kinder bringt die Eltern um. Sie könne sich sehr gut an das Gesicht ihrer Mutter erinnern, als es mal wieder nichts zu essen gab. Nichts. Unglücklich war die Mutter darüber, zutiefst unglücklich. Man darf den Hunger nicht ignorieren. Man müsse doch etwas dagegen unternehmen. Diese Armut, wie ich sie am Beginn meines Lebens erlebt habe, gehört verboten.

An diesem Abend blieb Lina untröstlich. Auch Maria ging wortlos nach Hause. Irgendwann sagte meine Großmutter, willst du nicht heute Nacht im Karwendel schlafen? Das Karwendel war das Zimmer neben ihrem eigenen Schlafzimmer. Früher war es das Zimmer von Linas Tochter, es war mein Lieblingszimmer. Nachdem ich in unregelmäßigen Abständen nach Bindestrich kam, bewohnte ich Gästezimmer wie andere

Schlaftouristen auch. Mit dem größten Vergnügen, sagte ich. Und wir gingen ins Haus.

Im Zimmer angekommen öffnete ich die Balkontür und trat auf den Balkon hinaus. Eben jenen Balkon, von dem aus meine Großmutter vor vielen Jahren das Ufo gesehen hatte. Und nach einer Weile öffnete sich auch Linas Balkontür, und auch sie trat aus ihrem Zimmer auf den Balkon hinaus. Allerdings war sie bereits in ihrem vergissmeinnichtblauen Damastnachthemd unterwegs. Lange schauten wir in den Nachthimmel hinein.

Erinnerst du dich noch, als du das Ufo gesehen hast?, fragte ich sie. Als sei es gestern gewesen, sagte sie. Und sie zeigte mir die genaue Stelle, wo es am Himmel einmal zu sehen war. Beschrieb auch seine Gestalt und seine Größe. Es stand am Himmel und sah mich an, sagte sie dann. Es sah mich. So war's. Dann lachte sie und schwang sich ins Bett.

41

Lina sagte Ja. Sie sagte eigentlich immer Ja. Nie Nein. Ich konnte sie mitten in der Nacht anrufen. Kommst du mit nach Venedig? Ja.

Alles wollten wir sehen, alles. Mitten hinein wollten wir. Mitten hinein mussten wir, um alles zu sehen, wirklich alles. Auf der Hinfahrt erzählte Lina von einem Gast. Der Gast wusste von einer Kirche. Die Kirche läge an einem Platz. Kein großer Platz, eher ein kleiner. Und an diesem Platz wäre eine Pizzeria. Und eine Brücke. Und da würde sie gern hin. Warum, war nicht ganz klar. Sie müsse dahin. Ziemlich genaue Ortsangabe für Venedig. Kirche, Platz, Pizzeria, Brücke gibt's an jeder Ecke. Werden wir schon finden, wir kommen ja wirklich überall hin, überall.

Und wir sahen alles, wirklich alles. Natürlich waren wir im besten Hotel, dem wirklich allerbesten. Und von dort aus das ganze Programm. Markusplatz, Dogenpalast. Wahnsinn. Rialtobrücke, Academia, Guggenheim Museum. Wahnsinn. Murano. Torcello. Burano. Lido. Wahnsinn. Wahnsinn. Wahnsinn. Aber wo war die Kirche an dem Platz mit der Pizzeria an der Brücke? In den letzten Tagen gingen wir noch mal alle unsere Lieblingsplätze ab und suchten und suchten und suchten. Aber die Beschreibung war zu ungefähr. So würden wir die Kirche nicht finden. Doch wir finden sie. Wir müssen sie finden. Wir wissen nicht, warum. Aber wir werden sie finden.

Lina war zu dem Zeitpunkt schon Ende siebzig. Und sie, die ihr ganzes Leben lang rannte, hatte jetzt Mühe, mir hinterherzukommen. Warte, sagte sie manchmal, renn doch nicht so. Das Schnellgehen liegt uns im Blut. Alle haben wir diesen etwas zu rasanten Schritt. Lina hat ihn vorgegeben. Wenn Lina am Freitag zum Friseur ging mit mir als Kleine an der Hand, da wurde keine Zeit verloren, da ging es voran. Und jetzt war ihr Tempo meines geworden. Nun hielten wir ab und zu an, kurze Pause, aber kaum saßen wir mal an einem kühlen Platz, bei einem italienischen Espresso, und Gott weiß, dass es nichts Besseres als einen italienischen Espresso an einem kühlen Platz gibt, ging's gleich wieder weiter. Die Zeit war begrenzt, und wir wollten alles sehen, wirklich alles. Die Tage schwanden dahin, und immer noch waren wir nicht bei der Kirche an dem Platz bei der Pizzeria bei der Brücke, wo Lina unbedingt hinwollte, unbedingt.

Was ist denn in der Kirche an dem Platz bei der Pizzeria bei der Brücke? Lina sagte, sie könne das nicht so genau sagen, aber sie würde da wirklich gern hin. Also wirklich. Machen wir doch eine Gondelfahrt. Willst du? Ja, sagte Lina. Dass sie jetzt Ja sagte, war unser Glück, unser aller-, allergrößtes Glück. Wir stiegen also in die Gondel ein. In die berühmte Halsabschneidergondel. Der Halsabschneidergondoliere wurde instruiert, uns bitte zu una chiesa nella piazza vicino alla pizzeria sul ponte zu fahren. Quale chiesa? Piccola chiesa, molto piccola, sagte Lina plötzlich in fließendem Italienisch.

Und dann setzte sie noch hinterher. Miraculi. Das war überraschend. Irgendwas schien der Gondoliere an dieser Aussage zu verstehen. Jedenfalls gondelte er mirakulöserweise drauflos. Gondelte uns in eine Gegend, die wir noch nicht betreten hatten. Still war es da, weit und breit kein Tourist. Wir fuhren durch dunkle, enge Wassergassen an hohen dunklen Häusern vorbei, die eher wie Mietskasernen aussahen und nichts von den Palazzi hatten, zwischen denen wir vorher hin und her rannten. Und plötzlich und tatsächlich an einer Stelle raus aus der Dunkelheit, rein auf einen kleinen lichtdurchfluteten Platz. Eine Brücke verband eine Kirche mit dem Platz, an dessen Ecke eine Pizzeria war. Das ist es, sagte Lina. Das ist es, und beinahe wäre sie aus der Gondel gefallen vor lauter Glück. Wir stiegen unter vielen Danksagungen an den Halsabschneidergondoliere aus. War gar nicht so katastrophal teuer wie erwartet. Wir hatten die Kirche gefunden, die wir schon die ganze Zeit gesucht hatten, alles andere war egal. Und die Kirche ist wie ihr Name ein Mirakel. Eine ganz und gar mirakulöse Kirche. Es war vielleicht elf Uhr mittags, als wir ankamen, und Lina schien förmlich zu schweben vor Glück. Hast du Lust auf einen Espresso?, sagte sie. Ein italienischer Espresso auf einem kühlen Platz in Venedig, es gibt nichts Besseres. Ja, sagte ich. Und weg war sie.

Okay, dachte ich. Und tatsächlich, ich ging in die Pizzeria, bestellte mir einen Espresso und sah mir die Kirche von außen an. Italienische Frührenaissance. Alles aus Marmor. Ganz unterschiedliche Farben von Marmor. In der mittäglichen Sonne sah die Kirche aus wie ein Tresor. Wie eine Schatulle, die etwas beherbergt, etwas umhüllt. Lange saß ich draußen und sah mir dieses besondere Schmuckstück von Kirche an. Nach dem ersten Espresso bestellte ich mir noch einen zweiten. Was Lina dort suchte? Sie war sonst keine, die in die Kirche rennt. Irgendwann gegen Mittag sah ich sie aus der Kirche treten. Blass war sie jetzt. Etwas blass. Sie sah sich noch mal um. Sah noch mal lange ins Kircheninnere hinein. Und dann kam sie zu mir in die Pizzeria herüber. Alles erledigt? Ja, sagte sie.

Ich ließ sie in Ruhe ihren Espresso trinken und machte mich auf den Weg über den Campo dei Miraculi in die Kirche. Fast sieht sie aus wie ein Schiff, das an dem Platz anlandet. Als ich das Schiff betrete, fühle ich mich augenblicklich als Passagier. Das Schiff ist menschenleer. In der Mitte des Raumes liegt auf einem Tisch ein Spiegel. Der Spiegel ermöglicht die leichte Betrachtung der Decke. Egal, ob man in den Spiegel blickt oder sich den Hals verrenkt, um die Decke zu betrachten, es setzt ein Schwindel ein. Seekrank erfasse ich den Raum. Nur ein Bild darin. Vorne am Altar. Eine Ikone. Ein Marienbild. Wundertätig offenbar. Da wollte Lina hin. Sie suchte sich einen Ort, an dem man sich was wünschen kann. Etwas, das in Erfüllung geht. Mit Mitte siebzig, was gibt es da für Wünsche? Im Grunde war alles in Erfüllung gegangen. Ein erfülltes Leben. Um den Zufallsgast schien sie schon lange nicht mehr zu trauern. Den Lotto Sechser hatte sie wunschgemäß bekommen. Alle Schwierigkeiten schienen überwunden. Ging es um die Passage, um den Übergang? Einige Zeit hielt ich mich in dem Schiff auf, segelte dahin und dachte über dies und das nach, und dann verließ ich die wundertätige Madonna wieder. Nicht ohne mitzuteilen, dass Linas Wunsch, was immer es auch gewesen sein mag, bitte erfüllt werden solle. Wenn möglich.

Lina hatte sich inzwischen mit der Pizzeria angefreundet, und sie bestellte, was das Zeug hielt. Ich kann die Pizzeria am

Campo dei Miraculi nur empfehlen. Noch mehr empfehle ich einen Besuch in der Chiesa di Santa Maria dei Miraculi. Es hatte keinen Sinn, Lina nach dem Wunsch zu fragen. Wünsche stehen naturgemäß unter einer gewissen Geheimhaltungspflicht. Linas Wunsch ist in Erfüllung gegangen. Es ging dabei nicht um mich, sagte sie mal. Es ging um dich.

42

Kurz nach unserer Reise nach Venedig lernte ich Du kennen. Es dauerte ein paar Monate, bis ich Lina von Du berichten wollte, aber als ich ihr von ihm erzählte, entschied sie sich, direkt den Zug von Bindestrich nach Köln zu nehmen, um ihn kennenzulernen. Die beiden lernten sich am Kölner Bahnhof kennen. Und gibt es einen besseren Ort, sich kennenzulernen? Nein, gibt es nicht. Der Kölner Bahnhof ist der beste Bahnhof, den ich kenne, der allerbeste.

Ich hatte an dem Tag Vorstellung, musste früh im Theater sein und bat Du, ob er die Großmutter nicht vom Bahnhof abholen könne. Fand aber kein Bild von ihr. Geh einfach auf den Bahnsteig. Du erkennst sie sofort. Du hatte Lina noch nie gesehen, hatte keine Ahnung, wie sie aussah. Ganz einfach. Geh auf den Bahnsteig. Warte, bis sich alles lichtet. Dann siehst du eine kleine weißhaarige Frau, umringt von Menschen.

Du weißt doch nicht, was ich am Bahnsteig vorfinde, sagte Du. Wirst schon sehen, es wird so sein. Du verstand gar nichts mehr, ging zum Kölner Hauptbahnhof, ging auf den Bahnsteig. Der Zug fuhr ein. Du wartete. Viele Menschen stiegen aus dem Zug. Langsam leerte sich der Bahnsteig, und tatsächlich, am hinteren Ende des Zuges, wo der Kölner Bahnhof sich lichtet und man den Kölner Dom sieht, stand eine kleine weißhaarige Frau, umringt von Menschen. Lina erkannte Du sofort und sagte: Du bist es. Ich habe jetzt alles, was ich brauche, sagte Lina zu den anderen Reisenden. Du war so was von den Socken, aber es half alles nichts, von da an hieß Du Du.

Zwischen Du und Lina war es Liebe auf den ersten Blick. Sie mochte ihn, und er mochte sie. Er müsse bald mal in die Amalie kommen, sehr bald.

Du kam an einem Vormittag in Bindestrich an. Er hatte sicher etwas anderes erwartet. Was Du aber gleich einnahm, war die Amalie. Alle waren gespannt, wer Du denn nun sei. Außer Du waren ausschließlich Frauen anwesend. Maria, Marias Tochter, Lina, Linas Tochter und die beiden Zimmermädchen. Sofort wurde Du ein Platz angeboten, und gleich würde es was zu essen geben. Du kommt – nach eigenen Angaben – aus einer Familie, in der sich alle zum Essen setzen, dann kommt das Essen, und dann fängt man an zu essen. Vorher sagte man sogar noch guten Appetit. In einem Land namens Österreich scheint das so zu laufen. In der Amalie lief das anders. Alle hatten im Grunde was zu tun, man traf sich zum Essen, aber der Betrieb lief weiter. Du war überrascht, fast überfordert, könnte man sagen. Setz dich hin, Du, gleich gibt's was zu essen. Und Du bekam als Erster was zu essen. Das war auch irritierend. Er war umgeben von vielen Frauen, und dann bekam er auch noch als Erster was zu essen. Iss, iss. Jetzt sollte Du essen. Alleine. Vor allen anderen. Du ist kein gehemmtes Bürschchen oder so. Aber jetzt musste Du schon über seinen Schatten springen. Du nahm also einen Bissen. So was hatte Du noch nicht gegessen. So was hatte er noch nicht geschmeckt. Wer Du kennt, weiß, wie sehr er gutes Essen liebt.

Und gutes Gulasch. Vor allem gutes Gulasch. Iss, Iss. Nach und nach setzten sich alle dazu, und nach und nach bekam jeder was zu essen. Und plötzlich kamen von draußen andere dazu, die auch zum Essen kamen. Marias Sohn, auch er wollte wissen, wie Du so ist. Dann noch ein Freund, der Du auch sehen wollte. Der Tisch füllte sich. Alle kamen, alle wussten, sie bekommen dieses Wahnsinnsgulasch zu essen. Ob man später kam oder früher ging, der Betrieb lief immer weiter.

Du erlebte Lina in ihrem Element. Wie sie war. Wie sie arbeitete. Du bemerkte schon, dass Linas Kräfte am Schwinden waren, etwas war am Vergehen aufgrund ihres fortgeschrittenen Alters. Aber Linas Feuer war ungebrochen. Das Kommen, das Gehen, das Empfangenwerden und das Verabschieden, die Lust, Wünsche entgegenzunehmen und sie zu erfüllen, all das war Linas Leben. Immer noch spürte sie die alte Faszination in sich.

Auf der Thomas Mann Veranda sitzen, Kaffee trinken und plaudern gefiel Du am besten. Lina und Du unterhielten sich lange über die Berge, und Lina verriet Du ihren Lieblingsberg. Unermüdlich sah Lina auf das Panorama. Es war für sie wie für andere der Horizont am Meer. Ewig konnte sie da hinschauen.

Abends wurde in der Amalie gespielt. Was man eben so spielt, am liebsten wurde Mensch ärgere dich nicht gespielt. Ich erzählte Du, dass Lina im Spiel unerträgliches Glück hat, aber Du hatte Zweifel. Dass schon der Titel des Spiels zur Disziplin aufruft, sollte ihm eine Warnung gewesen sein. Ärgere dich nicht, wenn dir das Glück versagt bleibt. Ärgere dich nicht, wenn du mit Lina spielst. Lina hatte so eine Art, so eine Art Glückstechnik. Sie lachte kurz in sich hinein, und dann würfelte sie. Ohne Hast. Langsam schüttelte sie die Würfel aus dem Ärmel und würfelte einen Sechser. Der ganze Tisch stöhnte auf. Und nach dem ersten Sechser noch einen zweiten Sechser. Und noch einen und noch einen und noch einen und noch einen. Lina war bereits mit dem Spiel fertig, und Du hatte gerade erst angefangen. Linas Glück schien wie gepachtet. Du hatte keine Chance. Keiner hatte eine Chance. Du kann sich nicht erinnern, dass er das Spiel je gegen Lina gewonnen hätte.

43

Du begann die Gewohnheiten in der Amalie zu lieben und fühlte sich wie alle anderen Gäste in Linas Imperium wohl. Aber Du war kein Gast mehr. Lina und Du vertrauten sich vieles an. Lina war da schon zweiundachtzig und Du gerade achtundzwanzig. Wenn alle nach und nach ins Bett gingen, blieben Lina und Du noch sitzen. Bleib doch noch, sagte Lina. Und Du blieb. Lina bat Du, aus dem Keller eine Flasche Champagner zu holen, und dann wollte sie alles wissen von Du, wirklich alles. Und Du erzählte ihr alles, wirklich alles.

Du erzählte Lina von seinem Großvater. Mein Großvater muss mir sehr ähnlich gesehen haben. Es gibt ein Foto, da sieht Du aus wie er. Der Großvater sei der Mensch gewesen, der am weitesten entfernt war, den er aber am meisten geliebt und herbeigesehnt hatte. Der Großvater war ein Herr. Politisch gesehen war er wie viele Bayern und vor allem die Bayern, die Firmen haben, eher rechts. Konservativ könnte man sagen. Sicher hat er Franz Josef Strauß gewählt. Später spielte Du einmal Ein Kind von Thomas Bernhard. Seither habe Du ihn immer mit dem Großvater von Bernhard selbst verglichen. Auch Bernhard liebte seinen Großvater über alle Maßen.

Der Großvater kam nicht aus Bayern, er war Thüringer. Als die Mauer gebaut wurde, entschloss sich der Großvater, einen Koffer zu packen, einen kleinen Lederkoffer. Der Großvater packte ein paar Klamotten ein, Papiere, Geld und ging zu Fuß von Sonneberg nach Coburg über die Grenze in den Westen. Der Koffer ist noch heute in Dus Besitz.

Sonneberg war ein berühmter Ort für Spielzeugfabrikationen. Und auch der Großvater hatte eine Spielzeugfabrik. Er gab die Fabrik auf, weil sie enteignet worden wäre. Zuerst war er eine Zeit lang in Coburg, und dann zog er weiter nach Aschau in den Chiemgau. Hier gründete er wieder eine Spielzeugfabrik. Du liebte es, den Großvater in Aschau zu besuchen. Die Fabrik bestand aus einem großen Raum, in dem ein langer, langer Tisch stand, an dem gut zwanzig, dreißig Frauen gesessen sind. Frauen, die eine Art Fließband bildeten. Der Großvater stellte Figuren her. Affen, die Tschinellen gegeneinanderschlagen. Affen, die über ein Springseil springen. Ein Bär, der eine Milchflasche trinkt. Eine Bärin, die strickt. Der Bär, der die Milchflasche trinkt, war Dus absoluter Liebling. Die Spielzeuge konnte man mit einem Schlüssel aufziehen. Dann bewegten sie sich. Im Grunde ein einfacher Mechanismus, aber ein Spielzeug, das glücklich macht. Die Spielsachen wurden nach und nach gefertigt. Der Großvater – kann Du sich erinnern – stellte die Mechanik her. Er zog sich in eine eigene Kammer zurück, er trug einen weißen Mantel wie ein Arzt, und dort in der Kammer baute er die Mechanik und probierte sie aus. Wenn die Mechanik fertig war, also wenn der Schlüssel hineingesteckt und die Technik aufgezogen werden konnte, dann gab der Großvater die Mechanik an die erste Frau am langen, langen Tisch weiter. Und diese erste Frau begann nun die Figur um die Mechanik drum herum zu bauen. Zunächst wurde die Figur mit Plastikschalen umhüllt und dann gleich weitergereicht. Jede Frau hatte eine Schachtel vor sich. In der Schachtel befand sich das, was der Figur nun hinzugefügt werden musste. Ein Stück Fell, ein Affenkopf oder nur die Nase des Affen. Oft waren es Winzigkeiten. Aber immer kam etwas Neues dazu, und dann wurde die Figur weitergereicht. Du wurde ein Platz unter den Frauen angeboten. Du bekam einen Platz in der Kette, in der Arbeitskette. Auch er bekam eine Schachtel, eine Schachtel mit Milchflaschen. Winzige Flaschen, halb gefüllt mit weißer Flüssigkeit. Wenn der Bär die Flasche hob, sah es so aus, als ob die Milch in den Mund des Bären fließen würde. Du klebte nun die Flasche an die Bärentatze. Er bekam einen Pinsel, tauchte die Pinselspitze in Klebstoff, bestrich die Tatze des Bären und klebte die Flasche an die Hand. Dann reichte er seinen Bären an die nächste Frau weiter. Du hatte das erste Mal gearbeitet, und die Arbeit war das Schönste, sagte Du. Der Großvater hat sich gar nicht um Du gekümmert. Du war jetzt Teil des Fließbands. Ich hab viel von dem Großvater bekommen, sicher seine Verspieltheit und sicher seinen Geschäftssinn, sagte Du.

Als Du zehn Jahre alt war, starb sein Vater. Er ist neben ihm im griechischen Meer ertrunken. Eine Tragödie. Aber um es zu verarbeiten, dachte Du immer wieder an seinen Großvater, er hielt sich an ihm fest. Und dann passierte etwas, das Du bis jetzt nicht begreifen kann. Plötzlich wurde auch der Großvater krank. Zugegeben, er war ein starker Raucher. Er hatte ein Raucherbein. Das Bein musste amputiert werden. Und Du weiß noch ganz genau, dass, als sein Vater gestorben ist und sein Großvater krank wurde, er jeden Abend zu Gott gebetet hat. Nachdem sein Vater gestorben war, war ihm nichts wichtiger gewesen, als dass der Großvater jetzt nicht auch noch stirbt. Du war nicht besonders religiös, aber die Familie habe sich schon abends versammelt und nach dem Abendessen gemeinsam gebetet. Das Vaterunser. Jeden Abend. Kaum vorzustellen. Nach dem Vaterunser ist Du schlafen gegangen, hat seine Tiere im Bett angeordnet, die alle neben ihm lagen. Und dann hat Du noch mal gebetet. Noch mal ein Vaterunser. Dann folgten noch weitere Sonderwünsche. Nach dem Tod des Vaters hatte sich schon der Gedanke eingeschlichen, dass es schwieriger sei mit Gott als gedacht. Irgendwas stimmte nicht, aber Du mit seinen damals zehn Jahren konnte es sich noch nicht so genau erklären. Als der Großvater krank wurde, betete Du zu Gott. Du betete zu Gott, aber Du drohte Gott auch. Wenn du jetzt meinen Großvater auch noch sterben lässt, glaub ich nicht mehr an dich. Wenn du nach meinem Vater auch noch meinen Opa sterben lässt, dann gibt es dich nicht. Zwei Tage vor dem Tod seines Großvaters besuchte Du ihn im Krankenhaus. Der Großvater war lustig, und es sah überhaupt nicht so aus, als ob er sterben müsste. Zwei Tage später war er tot.

Du hat nie wieder gebetet. Du schloss sich überhaupt gänzlich in sich ein. Dass der Großvater jetzt auch noch stirbt. Du sagte, ich weiß nicht, ob er wichtiger war als mein Vater. Dass jetzt auch noch mein Großvater stirbt. Ich hab in meinem Gebet an Gott damals sogar noch eins draufgesetzt. Damals hatte ich gerade meine Sexualität entdeckt. Das ist ja zunächst etwas seltsam, wenn man die erste Erregung spürt. Vielleicht hat man auch Schuldgefühle. Da man bei so einer Drohung, wie ich sie ausgesprochen habe, natürlich auch ein Gegenangebot machen muss, schlug ich Gott vor: Ich berühre mich nicht mehr. Ich berühre mich nicht mehr. Aber alles hat nichts genützt. Und dann wusste Du, dass Gott nicht existiert.

Es war schon kurz vor Mitternacht, als Du mit seiner Geschichte zum Ende kam. Immer noch war ein Zimmer frei. Lina wusste, es würde noch ein Durchreisender kommen. Sie wusste es einfach. Hol uns doch noch eine letzte Flasche Champagner, noch eine allerletzte. Und Du ging in den Keller und holte noch eine Flasche.

Lina wurde jetzt etwas leiser und sagte kaum hörbar: Weißt du, Du, früher bin ich auch so hier gesessen. Keiner war mehr da. Und damit mir die Zeit nicht lang wurde, hab ich mir selbst was vorgesungen. Ganz leise. Wie?, fragte Du jetzt. Leise, ganz leise. Alte Lieder. Du ist Schauspieler, und als Schauspieler wird man hellhörig, vor allem wenn es plötzlich so leise wird. Wie hast du denn gesungen?, fragte Du noch einmal. Ich kann dir nichts vorsingen, Du. Aber Du ließ nicht locker. Eines, ein einziges Lied kannst du mir vorsingen. Und Lina sang leise, ganz leise eine Zeile. Du war hin und weg. Ach, das sind so alte Lieder, sagte Lina dann. Willst du noch eins hören?

44

Als Brittner 1938 die Amalie verließ, drehte er sich noch einmal zu Lina um, sah ihr in die Augen und sagte: Die zwei Tannen vor dem Haus hab ich 1911 gesetzt. Das ist ihr Jahrgang. Lina erinnerte sich daran. Achtundachtzig Jahre waren die Tannen alt, als sie fielen. Sie fielen ineinander. Ein Herbststurm fällte sie. Die eine Tanne fiel in die andere hinein, und beide hielten sich mit letzter Kraft aneinander fest. So aneinandergeklammert vermieden die beiden Wächterinnen mit letzter Kraft, das Haus zu verletzen.

Die Tannen hüteten das Haus, und der Tannenschutz war jetzt entfallen. Lina war noch da, um das Haus zu hüten. Aber wie lange noch? Beim nächsten Herbststurm könnte auch sie fallen. In wen würde sie dann hineinfallen? Maria war noch da. Ihre Kinder lebten schon lange in einem Haus um die Ecke. Linas Tochter lebte noch ein paar Ecken weiter. Und die Ecken, um die ich mich herumtrieb, waren weit, weit weg. Und eines Tages riefen Brittners Erben an. Die Erben wollten erben. Sie schlugen Lina vor, die Pacht zu kündigen und das Haus zu verkaufen. Ja sie wollten, sie mussten verkaufen, um sich die Beute zu teilen. Du bist doch jetzt schon alt. Wie lange willst du es denn noch treiben? Hör doch auf. Das hast du dir doch verdient. Lass los. Lass los. Wir wollen erben, wir wollen teilen.

Der Auszug aus der Amalie machte Lina zu schaffen. Das Hotel war ihr Leben, wie konnte sie es lassen? Maria hatte sich längst um eine Nachfolgerin gekümmert, hatte die Daunendeckenfirma an eine zuverlässige Kraft verkauft. Aber Lina bot sich keine Möglichkeit zur Übergabe. Linas Tochter hatte sich längst aus dem Geschäft zurückgezogen. Und ich? Ich war so weit entfernt von alldem. Es half nichts, die Amalie wurde verkauft und musste geräumt werden. Aber jedes Ding hat seinen Wert, nichts konnte man lassen. Auf nichts durfte man verzichten. Alles musste man bewahren. Es war wert, es zu bewahren, aber es musste weg. Lina kämpfte einen letzten, zähen Kampf um die Amalie, aber es half alles nichts. Die Erben bestanden auf dem Verkauf, und ein Käufer wurde in Windeseile gefunden. Es war der Erstbeste.

Nun sah sie von hinten auf ihr Haus, in das sie gewohnt war, täglich ein und aus zu gehen. Die Amalie war über die Jahrzehnte, in denen sie das Haus bewohnt und bewirtschaftet hatte, zu ihrem Körper geworden, und so war es nicht verwunderlich, dass sie bald, nachdem sie zwangsweise ins Hinterhaus gezogen war, sich selbst etwas zusammenzog: Sie wurde kleiner. Unmerklich zunächst, doch spürbar. Was sie an der ungewohnten neuen Wohnsituation genoss, war die ausladende Terrasse im Hochparterre.

Hier residierte sie nun. Und dachte von hinten über vorne nach. Sie musste aber auch zusehen, was der Amalie widerfuhr. Die Erben hatten es an den Erstbesten verkauft, und der Erstbeste war ein Brutalo. Der Brutalo fuhr mit einem Pick up vor. Er hatte einen Gang, der war so schwer wie Blei, und eine Art, die war zum Fürchten. Mit ihm war seine Frau. Der Brutalo und die Brutala rückten der Amalie gleich zu Leibe, sie fackelten nicht lang herum. Die Brutalos brachten auf ihrem Pick-up einen Haufen von Maschinen mit und dachten: Das hier ist schnell erledigt. Aber so leicht war der Amalie nicht beizukommen. Wenn sie im Schlafzimmer von Lina die Wände öffneten, zeigten sich Risse im Dachgeschoss, wenn sie das Wohnzimmer zertrümmerten, trafen sie verborgene Wasserleitungen, alt und wendig, wie die Amalie war, hielt sie immer neue Aufgaben für die Brutalos bereit. Wenn sie an einer Stelle sinnlos herumstocherten, zeigte sie an anderer Stelle ihre Wunden, und das ging den Brutalos bald auf die Nerven. Brutal auf die Nerven. Die Nerven waren schon blank, als der Brutalo statt an die Amalie Hand an die Brutala anlegte. Und mir nichts, dir nichts war die Brutala über Nacht aus der Amalie verschwunden. Jetzt war der Brutalo allein. Ein leichtes Spiel für die Amalie. Sie gab ihm noch zwei, drei Wochen, dann hätte sie ihn erledigt, dachte sie. So lange musste sie gar nicht warten. Über Nacht war auch er dahin. Verschwunden, wie sein Pick-up. Der Brutalo hinterließ ein Trümmerfeld. Ein angebrochenes, aufgebrochenes Werk. Bald schon kamen neue Besitzer, die die Amalie ebenfalls missverstanden. Er Hausmeister, sie Hausmeisterin gaben dem Haus nun eine erstickende Gemütlichkeit. Deckchen, Bändchen, Schleifchen. An jeder Ecke wurde geschmückt, Schmuck, den das Haus nicht brauchte und nicht wollte. Die Hausmeister scheiterten ebenfalls.

Lina sah von hinten zu. Wobei auch das Sehen nachließ. Zunächst fiel nur das Lesen schwer, mit einer Lupe ging es noch eine Zeit lang gut. Dann konnte sie Personen schon nicht mehr klar erkennen. Wer ist da?, fragte sie dann mit einem lachenden Unterton. Schon die Frage verbarg die Lust, es selbst erraten zu wollen. Ich bin es. Und sie sagte: Natürlich bist du es, ich hab dich gleich erkannt. Durch das schwindende Augenlicht wurde ihr aber manches Mal auch langweilig, fad einfach. Und deswegen war das Hören jetzt viel wichtiger. Mit den Ohren habe ich keine Probleme, sagte sie. Und deswegen telefonierte sie gerne. Sie telefonierte, wenn grade keiner da war, und dann telefonierte sie endlos. Und oft. In den Neunzigerjahren als der Anrufbeantworter seine Hoch Zeit hatte, hinterließ sie mir an einem Tag vierundsechzig Anrufe. Das war keine Seltenheit, das war Langeweile. Glücklicherweise fand sie eine Lottoannahmestelle, bei der sie die Zahlen fernmündlich übertragen konnte. Dann saß sie an ihrem Schreibtisch und sonderte stundenlang mit halb geschlossenen Augen telefonisch Zahlen ab. 2, 16, 22, 36, 43, 45, Zusatzzahl 7.

45

Egal, aus welcher Richtung ich nach Bindestrich zurückkam, Lina und Maria saßen jetzt auf ihrer Terrasse und unterhielten sich. Sie saßen da und waren bereit. Winters wie sommers installierten sie sich morgens dort und waren bereit für den Tag. Zum einen hatten sie das Wetter, das sie fortwährend unterhielt. Und wenn das Wetter schlecht war und sie von der Veranda vertrieb, gab es kurz was anderes zu tun, bevor es sie gleich wieder nach draußen trieb. Und da saßen sie nun. Morgens sahen die Berge so frisch aus, getränkt von der Kühle der Nacht, abends tauchte die untergehende Sonne sie in ein Alpenglühen, besonders das Karwendel konnte glühen wie eine reife Orange. Über das Wetter und die Alpen konnte man quasi immer reden. Und wenn man weder über die Alpen noch über das Wetter sprach, sprach man über letzte Ankünfte und Abreisen. Die Kraft ließ schon nach, das spürten beide, aber was soll's. Man zog das Ganze noch weiter zusammen. Lina vermietete noch ein paar allerletzte Zimmer. Das war ihr spätes Glück. Und wenn man dann das Wetter, die Berge, die An- und Abreisen besprochen hatte, kam vielleicht jemand vorbei, den man von der Terrasse aus begrüßte, mit dem man kurz über dies und das sprach. Und wenn der Jemand um die Ecke war und in einer Sekunde mal gar nichts los war, schlief vielleicht eine der beiden kurz ein. Und wenn dann so überhaupt nichts mehr los war, schlief die andere auch ein. Dann träumten beide ihren Nachmittagstraum. Als Lina wieder erwachte, erzählte sie, dass sie von sechs Motorradfahrern geträumt hatte, die um sie herum in ihrem französischen Bett lagen. Zugegeben das Bett war groß, aber Platz für sechs Motorradfahrer biete es nicht, meinte Maria. Doch, sagte Lina, es hat alles gepasst, oben lagen zwei links und rechts von ihrem Kopf, dann zwei zu ihren beiden Seiten und am Fußende ebenfalls zwei Motorradfahrer übereinander. Alle in voller Montur.

Manchmal stellten sie sich die Frage, wie es denn mit ihnen beiden weitergehen würde. Keine könnte ohne die andere sein. Beide waren durch das Leben derart miteinander verwoben. Welche der beiden würde die andere überdauern? Bei solchen Gedanken wurden sie stumm und sahen lieber wieder in die Alpen hinein.

Lina hatte so ihre Träume, immer noch. Dass das Alter eine Lebensphase ist, die man mit Freude begehen kann, und ohne Scham, das konnte man bei Lina lernen. Je älter sie wurde, desto glücklicher wurde sie, schien mir. Und das zu einer Zeit, in der das Altern noch verboten war. Eine große späte Liebe war ihr weitaus jüngerer Arzt. Ihm war sie ganz und gar zugetan. Zeit ihres Lebens hatte sie keine lange Liebe zu einem Partner gelebt. Eine verloren geglaubte Sehnsucht keimte in ihr auf. Etwas, das man schon ganz und gar aus den Augen und dem Sinn hatte, ein letztes Glühen stellte sich ein. Wie eine alternde Venus legte sie sich ins Zeug. Wenn der Arzt kam, ließ sie ihren Charme spielen. Höhepunkt des Arztbesuchs waren Momente, in denen es zu zufälligen Berührungen kam. Blutdruckmessen, Blutabnahme, Temperatur messen. Die Stille, die bei den kleinen Behandlungen Platz nimmt. All das genoss Lina. Sie schätzte den Arzt und liebte den Mann. Wie Venus wollte sie dem jüngeren Adonis ihre Liebe zeigen, anspielungsreich wollte sie ihn überzeugen. Mich amüsierten ihre Tänze, und ich las ihr das Epos von Venus und Adonis von William Shakespeare vor. Venus, die Adonis umgarnt, umschwärmt, mit all ihren Tänzen versucht sie, Adonis für sich zu gewinnen, und doch, Adonis ist nicht interessiert. Jagen will er, jagen. Und dabei wird er von einem Eber getötet. Ähnlich fühlte Lina, wenn der Arzt zu anderen Patientinnen eilte. William Shakespeare gefiel Lina, sie lachte unaufhörlich in sich hinein, während ich ihr vorlas. Manchmal wurde sie auch still. Da stachen plötzlich Sätze heraus wie: ›Und erbt ein Ebenbild von dir die Züge, so wird des Todes Macht an dir zur Lüge.‹ Mit Ende achtzig werden die Gedanken an den Anfang und an das Ende offenbar lauter, hörbarer.

Als ich Lina zum ersten Mal ihre Urenkelin brachte, war sie sprachlos. In einem Korb stellte ich das Kind vor ihr auf den Tisch und beide betrachteten sich lange. Das Kind war still und aufmerksam und sah das Alte, und Lina war still und aufmerksam und sah das Leben. Das Leben. Nie noch konnte sie es so deutlich sehen. Nach einer Weile trieb es ihr die Tränen in die Augen, sie ließ sie einfach rinnen. Durch nichts wollte sie den Moment in seiner Kostbarkeit stören. Mein Kind lächelte Lina aus seinen vergissmeinnichtblauen Augen an, und Lina verschwand darin.

46

Je älter Lina wurde, desto weißer wurden ihre Haare. Und da die Blindheit stärker wurde – eines Morgens saß sie am Schreibtisch und sagte, ich kann nun wirklich gar nichts mehr sehen, überhaupt nichts mehr –, desto lieber hatte sie es, frisiert zu werden. Ich löste also die Haarnadeln aus den leicht verklebten Haaren, kämmte vorsichtig den weißen Flaum, der noch auf ihrem Kopf war. Lang waren ihre Haare noch und seidig weich. Sie schloss die Augen und gab sich ganz dem Kämmen hin. Schließlich fasste ich den Flaum zu einem losen Knoten zusammen, gab ihr noch ein duftendes Öl auf die Hände und die Unterarme, sie liebte den Duft von Lavendel oder Rose. Am liebsten, am allerliebsten roch sie nach Nelke. Und so saß sie dann da.

Es war so ein Tag, da überraschte uns Maria mit der Nachricht, dass sie in ein Altenheim übersiedeln werde. Maria wollte ihre Kinder nicht bitten, für sie zu sorgen, sie halte es für das Beste. Und das Allerbeste wäre, Lina käme mit. Zu zweit könnten sie dort mit ihren eigenen Möbeln leben, genauso wie hier, und es würde da vielleicht auch eine Terrasse geben, wo man einen weiten Blick vom Wank aufs Karwendel, vom Karwendel auf die Alpspitze, von der Alpspitze auf das Höllental bis hin zur Zugspitze hat, und vielleicht würde man sogar den österreichischen Daniel sehen. Das war eine Ansage. Es ging nun darum, das beste Heim zu finden, das allerbeste. Und wie sich herausstellte, war das das Schwerste, das Allerschwerste. Wir sahen uns gemeinsam ein paar Heime an. Beim ersten Heim empfing uns eine Schwester Oberin, sie war selbst schon Mitte siebzig, vom ersten Moment an spielte sie das Unterdrückerspiel. So in der Art: Ich bin hier der Boss, und es läuft hier so, wie ich es will. Sie zeigte uns die besten Zimmer, die allerbesten. Und es war das Grauen. Das grauenhafteste Grauen. Die Alten schienen Gefangene zu sein. Kuschten auch, wenn sie die Schwester Oberin sahen. Zudem waren die Zimmer klein, gedrungen und dunkel. Nichts wie weg, dachte ich. Keinesfalls könnten Lina und Maria hier bleiben unter der Fuchtel dieser alten Vettel im Ornat. Wir werden uns noch kennenlernen, sagte die Schwester Oberin beim Abschied. Lächelnd sagte Lina, ich glaube nicht. Beim nächsten Heim war es kaum besser, alles war steril. Von einer erschreckenden endzeitlichen Sterilität. Es war ein Zwischenlager für Alte. Nichts wie weg, dachte ich. Das dritte Heim war ein Kompromiss, es hatte eine scheinbar freundliche Atmosphäre, und sie hatten eine Wohnung frei, die Lina und Maria zusammen beziehen konnten. Lina willigte widerstrebend ein. Und ab Herbst wohnten die beiden in ihrer neuen und letzten Bleibe.

Die Dachterrasse des Heims war tatsächlich eine Wucht. Man sah den Himmel und sah vom Wank aufs Karwendel, vom Karwendel auf die Alpspitze, von der Alpspitze auf das Höllental bis hin zur Zugspitze, und man sah sogar den österreichischen Daniel. Und den Kramer. Und den Königsstand. An einem Novembernachmittag besuchte ich Lina, und sie wollte hinauf aufs Dach. Lass uns auf die Terrasse gehen, sagte sie. Das Heim bekam ihr nicht besonders gut. Sie wurde schwach und schwächer. Durchsichtig fast. Oben auf der Terrasse ging ein scharfer Wind, obwohl die Oktobersonne schien. Das sind jetzt noch die letzten warmen Strahlen, sagte sie. Ihr Flaum wehte im Wind. Die Sonne blendete sie etwas. So saßen wir da.

Die riesige Terrasse des Heims war menschenleer. Wir redeten über dies und das. Die Tage ihrer Kindheit schienen ihr nun ganz nah zu sein. So eine Armut, wie ich sie als Kind erlebt habe, gehört verboten. Dass man dagegen nichts machen kann. Man muss doch etwas gegen diese Armut tun können. Der Gedanke nistete sich in ihr ein, und es schien so, als ob sie gerade mit einem Becher in der Hand barfuß durch schneeverwehte Felder ging.

Die Frau da drüben winkt, sagte sie plötzlich. Welche Frau, sagte ich. Die Frau da drüben in der fliederfarbenen Bluse. Ich sah mich um, außer uns war kein Mensch da. Allerdings standen da zwei leere Stühle, wie Stühle stehen, wenn sie gerade jemand verlassen hat. Immerzu winkt sie, sagte Lina. Was will die Frau von mir?, fragte sie sich selbst. Die will, dass ich zu ihr rüberkomme. Kennst du die Frau? Kommt mir bekannt vor, sagte Lina. Und auch die Bluse. Irgendwie kommt sie mir bekannt vor. Ich sah mich noch mal um. Da war niemand. Wollen wir hinübergehen?, fragte ich sie. Nein, sagte sie, lass sie winken. Sie wird sich schon beruhigen. Gut, sagte ich. Ich komm dann schon, sagte Lina.

47

Ich war gerade mit dem Auto unterwegs zu ihr, als ich einen Anruf bekam: Deine Großmutter ist tot. Sie ist gerade gestorben. Maria war bei ihr und ist jetzt immer noch bei ihr. Ich bin auf dem Weg, sagte ich. Werde in knapp zwei Stunden da sein.

Schweigend fuhren wir dahin. Etwas in mir wollte nicht an ihren Tod glauben, und doch gab es keinen Grund, an der Nachricht zu zweifeln. Sie war zweiundneunzig Jahre alt, stand kurz vor ihrem dreiundneunzigsten Geburtstag.

Es war kurz vor Silvester. Garmisch war tief verschneit. Du und ich fuhren direkt ins Heim, rannten die Stufen hoch. Eine Schwester kam auf mich zu. In dem Moment, als sie starb, sei die Blüte einer Amaryllis abgefallen. Ich hab sie ihr zwischen die Hände gelegt, sagte sie. Danke, sagte ich. Wir betraten ihr Zimmer. Es war still, so wie es still ist, wenn der Tod da ist. Unbedingt still. Maria saß verwirrt in einer Ecke. Und wir umarmten uns, ihr Körper war in Aufruhr. Sie beide hätten gerade Kaffee getrunken und seien miteinander so dagesessen, als Lina wie aus dem Nichts übergroße Augen bekam. Die Augen seien so groß geworden, wie sie es noch nie an ihr gesehen hat. Sie hätte einmal laut geseufzt und sei dann in sich zusammengefallen. Es sei ein unheimlicher Moment gewesen.

Solche Augen habe ich noch nie gesehen. Solche Augen. Nie im Leben habe sie solche Augen gesehen, sagte Maria.

Wir näherten uns langsam dem Bett. Und da lag sie. Und sah aus wie ihre Mutter. Zum ersten Mal, dass ich sie so sah. Nie hatte sie wie ihre Mutter ausgesehen. Jetzt plötzlich im Moment des Todes sah sie aus wie ihre Mutter. Wie wenn dieses Gesicht ein Leben lang auf sie gewartet hätte, so drang es plötzlich aus ihr heraus. Wie eine letzte Blüte. Kalt war sie schon geworden. Ich traute mich kaum, sie zu berühren. Vorsichtig näherte ich mich ihrer kalten Haut. Ihrem kalten Gesicht. Langsam wurde sie wie aus Stein, aber etwas war noch da. Ich sagte zu Maria, etwas in ihr ist noch da.

Die Schwester kam herein und sagte, die Totenstarre hätte jetzt schon eingesetzt, und wir hätten jetzt noch ein bisschen Zeit, uns zu verabschieden, dann käme jemand zur Abholung. Abholung, sagte ich. Abholung, sagte die Schwester noch mal. Wo wird sie denn jetzt hingebracht? Zum Friedhof, sagte die Schwester. Dort gibt es einen Raum, und dort wird sie vorübergehend hingebracht. Danke, sagte ich. Klein war Lina in den letzten Jahren geworden. Wie ein Stein war sie jetzt. Wie ein Fels. Mein Fels war sie und ist sie. So standen wir zu dritt hilflos um sie herum.

Bald kamen die Abholer, die Totengräber. Zuerst kam die Schwester und sagte: Es ist so weit. Die Männer sind jetzt da, zur Abholung. Jetzt schon, sagte ich. Ja, es ist so weit. Also gut.

In dem Moment warf sich Maria über sie und fing auf eine kindliche Art an zu weinen, die mir das Herz zerfetzte. HUHULE, flehte sie, wie eine Eule und breitete ihre Arme über den ganzen leblosen Körper aus. HUHULE, so ein Laut aus der Kindheit, den ich schon Jahrzehnte nicht mehr gehört hatte. HUHULE, sagten sie, wenn sich jemand verletzte und man nicht helfen kann, aber den Schmerz teilt. Und Maria teilte den Schmerz, ohne helfen zu können. HUHULE, da war ein ganzes Leben drin. Unendliche Liebe, die sich wie eine Sturzflut Bahn brach. Fassungslos standen wir da. Ob man es will oder nicht, der Tod hat etwas, das das Leben abstößt, und das Leben hat etwas, das den Tod abstößt. Jedenfalls scheint im Moment des Todes etwas, ob man es will oder nicht, voneinander loszulassen.

Die Abholer kamen herein mit einer Art fahrbarer Blechwanne. Sie öffneten die Wanne. Darin lag ein weißer Plastiksack. Den Sack öffneten sie auch. Dann fragten sie mich, ob ich noch Schmuck abnehmen wolle. Der Ehering war noch an Linas Finger. Nein, sagte ich, der Ring bleibt an ihrem Finger. Die Erinnerung an den Zufallsgast hat sie ein ganzes Leben mit sich herumgetragen. Und auch die Blüte bleibt in ihrer Hand. Sie hoben Lina hoch und legten sie in den Sack, den sie schlossen. Und dann schlossen sie die Wanne. Die Wanne hoben sie auf ein fahrbares Gestell. Dann gab es etwas zu unterschreiben. Ich komme mit, sagte ich. Und wir fuhren gemeinsam mit der Schwester ins Untergeschoss des Heimes. In die Tiefgarage. Und hier in der Tiefgarage luden die Totengräber Lina in den Wagen hinein. In den Lieferwagen. All das vollzog sich schweigend. Die Totengräber schlossen die Türen, setzten sich ins Auto und fuhren schnell davon. Ich stand in der Einfahrt im Untergeschoss und sah dem Wagen hinterher. Lange blieb ich da stehen und sah ins Schneegestöber. Die Schwester blieb bei mir. Ich ging wieder hinauf zu Maria. Maria sagte, wir müssen damit fertigwerden. Unmöglich, dachte ich.

48

Ich fahre mit dem Auto zu Linas Tochter. Die Mutter liegt jetzt in der kalten Halle, sagt sie. Bei dieser Kälte draußen. Früher haben wir uns gut verstanden, bis ich acht, neun Jahre alt war. Dann ist etwas passiert, ich weiß nicht, was. Und dann war das Verhältnis gestört, sagt sie.

Ich fahre nach Hause. Zu Hause wartet meine kleine Tochter auf mich. Sie hat auf dem Fußboden Nachrichten für Lina deponiert. Dass sie von oben sieht, dass wir an sie denken. Sie umarmt mich, und wir spüren unseren Schmerz.

Am nächsten Tag suche ich einen Sarg aus. Die Auswahl fällt leicht, es gibt lauter dunkle Särge und nur einen hellen. Ich nehme den hellen. Ich bespreche alles mit der Frau, die mir den Sarg verkauft. Sie kümmert sich auch um eine Anzeige in der Zeitung. Ich fahre auf den Friedhof und suche einen Platz aus. Der Friedhofswärter von Bindestrich empfängt mich und zeigt mir ein paar freie Plätze. Es gibt teurere und billigere Plätze. Die Plätze sind auch darin eingeteilt, wie viele Personen darin begraben werden dürfen. Sozusagen Zwei-Bett-Zimmer. Vier-Bett-Zimmer. Ganze Appartments. Die Feuerbestattung ist viel günstiger, sagt der Friedhofswärter, viele steigen jetzt auf Feuerbestattung um, aus diesem Grund sind einige gute

Plätze frei, die sonst nicht frei wären. Gute Plätze sind vor allem die in der Hauptallee des Friedhofs. Die, an denen jeder vorbeigeht. Da liegen die guten Familien aus Bindestrich. Die, die jeder kennt und respektiert. Ich möchte jetzt nicht tiefer forschen, was die guten Familien sind, und gehe zügig durch die Hauptallee hindurch. Plötzlich taucht ein Name auf, den ich kenne. Eine große Liebe von Linas Tochter, die nicht so gelebt werden konnte, wie es sich beide gewünscht hätten. Ich lasse auch dieses Grab links liegen und gehe weiter. Wir kommen an einem kleinen Waldfriedhof vorbei. Eine neue Stelle, die sich jetzt großer Beliebtheit erfreut, sagt der Friedhofswärter. Ein Baum, darum liegen im Kreis Platten aus Stein. Wir gehen weiter und kommen jetzt in ein Gebiet, das etwas heller wirkt. Eins der Gräber hat eine goldene Kugel, die scheinbar über dem Grabstein schwebt. Die goldene Kugel sieht man schon von Weitem, denke ich. Hier auf diesem Platz gibt es in der Mitte eine Stelle, die möglich wäre. Ich stelle mich dorthin und sehe mir die Aussicht an. Die Stelle ist nach Süden ausgerichtet, man hat einen weiten Blick vom Wank aufs Karwendel, vom Karwendel auf die Alpspitze, von der Alpspitze auf das Höllental bis hin zur Zugspitze. Den österreichischen Daniel sieht man nicht. Ich lese die Namen der benachbarten Gräber. Ein Stein ist in der Mitte gespalten, zwei Gräber weiter liegt ein Ehepaar Bausch. Ich denke an Pina Bausch und an eine Szene aus einem ihrer Stücke. Ich entscheide mich für diesen Platz.

Auf dem Rückweg denke ich über die Szene in dem Pina Bausch Stück nach. Eine Frau tanzt kriechend am Boden, immer wieder versucht sie, sich zu erheben. Eine andere Frau schüttet eine Schaufel Erde über sie. Immer wieder versucht die kriechende Frau, sich zu erheben, aber immer wieder landet die Schaufel Erde auf ihr. Ich verlasse den Friedhof. Ich fahre ins Heim zu Maria. Sie schläft jetzt viel. Zur Beerdigung kann sie keinesfalls kommen. Als sie wach wird, beschreibe ich ihr die Stelle, die ich gefunden habe. Das ist gut, sagt sie, das ist gut. Ich verlasse sie und fahre wieder nach Hause.

Zu Hause, das ist Linas Wohnung. Meine Tochter spielt an Linas Schreibtisch Büro. Sie schreibt einen Brief, sie steckt den Brief in ein Kuvert, sie schreibt eine Adresse aufs Kuvert und stempelt ihn ab. Vorne wird gestempelt, hinten wird gestempelt. Sie zeigt mir den Brief und auch seine Adressatin. Angekommen, sage ich, und wir lachen. Ich sehe meine Tochter an und denke an einen Satz, den Franz Schuh mir mal gesagt hat: Es gibt ja die Möglichkeit, den Tod zu hassen, aber wie man es dreht und wendet, der Tod hat schon was, was nicht nur schrecklich und furchtbar ist, sondern was die Umstände auch klarlegt, klarmacht.

49

Die nächsten Tage waren ein Schlafen und Wachen und Warten. Das alte Jahr ging unbemerkt, das neue Jahr kam unbemerkt, wir warteten. In der Nacht hat es wieder geschneit. Im Süden Bayerns ist es Brauch, an Weihnachten Christbäume auf die Gräber zu stellen. Damit auch die Toten Weihnachten feiern. Ich gehe an den verschneiten Gräbern vorbei und denke an Weihnachten bei der Großmutter. Es musste immer der größte und der schönste Baum sein, der allerschönste. Die Kugeln mussten bunt sein, und wir hängten kiloweise Lametta an den Baum. Maria hatte am Nachmittag das Lametta aus dem Vorjahr gebügelt, und am Vorabend des Heiligen Abend hängten wir es Halm für Halm an den Christbaum. Der Baum war dann tatsächlich eine Pracht. Nächstes Jahr würde ich also eine kleine Tanne auf Linas Grab stellen. Als wir aus der Kirche kamen, fing es langsam an zu schneien. Wir gingen stumm den Weg zum Grab. An der Stelle war jetzt ein großes Loch. Die Totengräber kamen und stellten den Sarg auf ein Gestell im Loch. Der Sarg wurde hinunter ins Loch gelassen. Der Pfarrer ließ die erste Schaufel Erde auf den Sarg fallen, in dem Lina lag. Sofort legten sich ein paar Schneeflocken darauf. Nach und nach trat nun jemand heran, um Erde ins Grab fallen zu lassen. Aber gleich legten sich wieder ein paar Schneeflocken darauf. Ich sah mich um. Menschen kamen. Obwohl es schneite und schneite. Mehr und mehr Menschen. Viele. Viele kamen, um sich von Lina zu verabschieden. Obwohl es schneite und schneite. Menschen über Menschen. Und einer nach dem andern trat an die Stelle heran. Und immer legte der Schnee eine zarte Schicht über die Erde, die ins Grab fiel. Die Schneeflocken wurden größer, immer größer. Erst waren sie nur so groß wie Blaubeeren, ein weißer Blaubeerregen. Aber bald wurden sie so groß wie Haselnüsse, dann wie Walnüsse, und schließlich waren sie so groß wie Pilze. Riesige Flockengebilde.

Es hatte sich herumgesprochen, dass Lina gegangen war, und alle kamen. Und es schneite und schneite. Lange standen wir da am Grab. Und zum Schluss standen nur noch Du und ich da. Du und ich waren eingeschneit. Und Du sagte nach einer Weile zu mir: Komm, wir müssen jetzt. Und ich sagte: Geh du. Aber Du wollte los und zog an meinem Ärmel. Lass mich noch ein bisschen bleiben, sagte ich. Und Du ließ mich noch bleiben.

Ich legte mich hinter ihren Rücken und betrachtete jetzt den Schnee von unten. Lass uns über alles reden, sagte ich zu ihr. Über wirklich alles. Was für ein Glück, sagte sie, es schneit.